KB008510

푸른빛깔은 늘

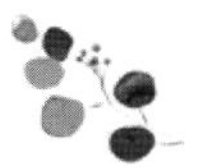

푸른 빛깔은 늘

1판 1쇄 발행 | 2022년 8월 15일
지은이 | 정훈모
발행인 | 이선우
펴낸곳 | 도서출판 선우미디어
등록 | 1997. 8. 7 제305-2014-000020
02643 서울시 동대문구 장한로12길 40, 101동 203호
☎ 2272-3351, 3352 팩스: 2272-5540
sunwoome@hanmail.net

값 13,000원

978-89-5658-708-0-03810

푸른 빛깔은 늘

정훈모 수필집

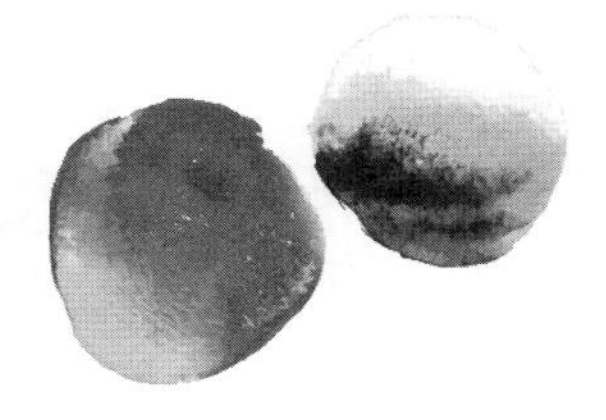

선우미디어 sunwoomedia

책머리에

한여름 꿈같은 이야기

비 오는 날 양재천에 나갔습니다. 날씨 탓에 오가는 사람들도 별로 없고, 오리들도 안 보입니다. 후득후득 떨어지는 빗소리가 음악 소리처럼 들립니다. 천변에 피어있는 꽃들도 단비에 춤을 춥니다. 화르르 꽃잎이 날리고 바람이 지나갑니다. 소리가 옅은 꿈속에서 헤매다가 깬 아침처럼 흐릿한 풍경이 철없는 아이처럼 좋으면서도 슬픕니다.

"행복한 가정은 노력으로 이루어진다. 결혼 행로에 파란 신호등만 나올 것을 기대할 수는 없다. 어려움이 있으면 참고 견디어야 하고, 같이 견디기에 서로 애처롭게 여기게 되고 미더워지기도 한다. 역경에 있을 때 남편에게는 아내가, 아내에게는 남편이 더 소중하게 느껴진다…."

피천득 선생님이 수필 〈시집가는 친구의 딸에게〉에서 아내는 피스워버(peace weaver)라고 말했습니다. '평화를 짜 나가는 사람'이란 뜻입니다. 나는 힘들 때마다 이 말을 생각했습니다.

가정의 평화를 위해….

두 번째 수필집을 엮으면서 많이 망설였습니다. 8년 동안 나를 힘들게 했던 자잘한 병고와 남편의 투병 생활, 그리고 육아로 힘들었습니다. 그런 것에 대한 단상들과 깨달음을 과연 세상에 내보내도 될까 하는 생각이 들었습니다. 하지만 그동안 보살펴 주셨던 선생님들과 선배님들 모두 제게 힘을 주었기에 용기를 내었습니다.

수필은 나에게 숨을 쉬게 하는 호흡기 같은 것입니다. 이슥한 시간이 지났건만 늘 차가운 빗속에 떨고 있는 어린아이처럼, 세상에서 의지할 한 사람도 없다고 느낄 때 희뭄한 불빛을 따라 천천히 일어섰습니다. 그저 무념무상 생각 없이 살려고 노력했습니다. '나에게 어떻게 이런 일이'라는 말이 가슴속에서 나올 때마다 입을 닫았습니다. 믿음은 보이지 않는 것들을 보는 것입니다. 신세계를 믿고 새로운 약을 기대해 봅니다. 글을 쓰며 많은 위로를 받고 치유되었습니다. 부디 이 한 여름밤의 꿈같은 이야기들이 모두에게 위로를 주었으면 좋겠습니다.

이 책을 펴내는데 물심양면으로 도와준 경은 씨와 남태령문우들, 변함없이 나를 지켜준 가족에게 고마움을 표합니다.

임인년 유월

양재천변에서 운해(雲海) 정훈모

차례

2 하얀, 향기

3 보라, 정원

4 붉은, 로망스

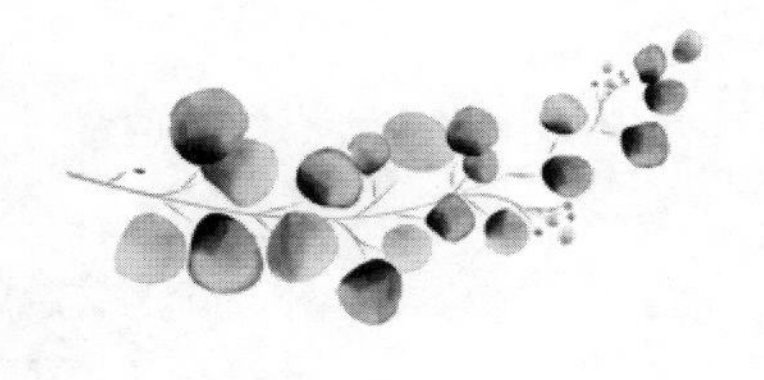

1

푸른, 빛깔

이상하게

푸른색이 들어간 작품들을 보면

안정감을 얻는다.

퍼런 바다색도 파란 하늘색도 아닌

푸른 숲을 연상케 하는,

푸른색에서 안정감과 평온함

그리고 가슴 뛰는

열망을 느낀다.

– 본문 중에서

보이지 않는 것들의 무늬

아담한 마당이 보이는 창가에 앉아 차를 마시며 곳곳에 전시된 여러 형태의 조형물을 본다. 봄빛도 아름답고 홍매화 나무도 반갑다. 금기숙 작가의 미래를 보는 눈과 창의력이 빚어낸 작품들은 한국적이면서도 세계적으로 열려 있다.

섬유 패션 디자이너인 그녀는 고교 동창이다. 홍익대 교수로 출발하여 세계적인 패션아트 작가가 되었다. 그의 작품은 세계적인 유람선 'allure of the sea'에 설치되었다. 2018년 평창동계올림픽 개폐회식 의상감독으로 일하며 최고의 피켓걸 의상을 선보였다. 한국인의 에너지와 생명력을 율동미로 표현한 그의 작품은 '눈꽃요정'으로 불리며 찬사를 받았다.

그녀의 옷은 입을 수 없지만 빛나고, 보는 이로 하여금 모든 감각을 통해 전해지는 자극으로 황홀하게 상상의 나래를 펼칠 수 있다. 조명에 비친, 쉴 새 없이 움직이는 빛으로 그림자는 추상적이기까지 하다.

이번 전시의 주제는 매화이고 제목은 'Visible & Invisible'이다. 백매 홍매 흑매 청매는 드레스와 자켓 한복 등으로 표현되어있는데 각각 철사 줄에 매달린 비즈에 따라 느낌이 다르다. 그중에 특히 흑매 드레스에 눈길이 멎었다. 검은 비즈로 엮어 만든 그 흑매 드레스는 고혹적이었다.

나는 어렸을 때 종이 인형으로 소꿉놀이를 하며 자랐다. 인형에 맞춰 옷을 만들고 상자에 가득 담아놓곤 했다. 인형 옷을 디자인하여 색칠하고 가위로 오려 입혀보며 역할 놀이를 했다. 그때 막연하게 '나도 옷 만드는 일을 할까.' 생각하기도 했다.

그 후 여자로 성장해 실제 옷을 자유롭게 입을 때쯤 패션에 대해 민감하게 신경을 쓰고 입어보고 싶었지만 그러지 못했다. 유행에 쫓기듯 미니스커트를 입기도 했고 나팔바지를 입고 거리를 휩쓸기도 했지만, 나이가 들고 나서는 유행보다는 자신의 체형에 맞는 디자인과 색깔을 고른다. 나는 체구가 아담하여 디자인에 신경을 쓰고 색감도 화려하지 않고 수수한 것을 고른다. 그렇게 나 자신의 틀과 관습에 갇혀 우물 안 개구리처럼 입고 다녔다. 그래도 여행할 때는 틀을 깨고 과감한 디자인을 골라 입어보기도 한다.

세계는 잠시도 정지되어 있지 않고 항상 움직인다. 그러나 대부분 생각의 틀은 정지되어 갇혀 있다. 유명 화가나 천재성을 발휘하는 음악가나 그들의 작품을 보거나 듣고 있으면 사고의 틀이 깨어짐을 느낀다. 금기숙 작가의 패션아트도 우리의 사고의 틀을 깨고 자유로움을 준다. 인문학이 인간이 그리는 무늬라고 했듯이 우리는 통찰의 지경을 넓혀 자신만의 무늬를 그리고 있는지 살펴봐야 한다. 보이는 것만이 다가 아니다. 보이지 않는 그 뒷면을 생각하고 다양한 무늬를 그려야 삶이 다채롭고 풍부할 것 같다. 내면 깊숙이 감추었던 욕망과 이루지 못했던 꿈들 그리고 슬픔과 고통은 얼룩덜룩한 무늬로 내 작품 속에 그려져 있을 것이다.

글 쓰는 일도 옷 짓는 것과 흡사하다는 생각을 해본다. 작품을 옷이라고 생각하면 문체는 색감이라고 말할 수 있다. 문장에는 두 가지 개념이 있다. 하나는 문자언어로 표현된 수사학적 단위라는 개념이고, 다른 하나는 문법학적 단위라는 개념이다. 작가는 창의성을 발휘하여 다양한 무늬와 색감을 통해 자신을 표현할 수 있다. 수필은 어떤 형태의 옷이고 색깔일까. 우아한 백자항아리처럼 밋밋하지만 수많은 이야기를 내포하고 있는 푸르스레한 백자 빛이 아닐까 상상해본다. 이제는 밋밋하지 않고 특별한 이야기를 써보고 싶고 새로운 색깔을 표현해보고도 싶다.

찰스 왕세자와 사랑한 다이애나 스펜서는 7m의 긴 실크 면사포와 1만 개의 진주로 장식된 드레스를 입고 결혼했다. 그녀는 우아함의 극치였고 여성들은 그 드레스가 너무 예뻐 한번 입어 보고 싶다고 꿈꾸었다. 그 드레스를 보면서 진주의 아름다움에 빠졌다. 금기숙 작가의 백매화 드레스도 진주와 투명비즈로 장식되어 우아하게 빛나고 있었다. 나는 그 작품을 보며 무한한 생명력과 희망을 느꼈다. 눈 속에서도 꽃을 피워내는 설중매처럼 생명력이 있는 진줏빛 찬란한 작품을 쓰고 싶다고 느끼며 전시실을 나왔다.

고백은 했니?

나는 수요일 아침이면 집을 나선다. 봄부터 시작한 미술 수업이 있는 날이다. 드로잉부터 시작하여 아크릴화를 그리기 시작한 후부터 점점 흥미를 느끼니 수업이 즐겁다.

처음으로 그린 그 작품을 들고 집에 왔다. 보라색 튤립 여덟 송이가 화병에 꽂힌 그림이다. 내 침대 옆에 걸어두었다. 아침마다 그 꽃은 나에게 묻고 있다. "오늘도 힘드니?"

분홍색 튤립이 가득 피어있던 호주 퀸즈랜드가 생각난다. 당시 한 달간의 여행 뒤끝이라 좀 지쳐 있었는데 거리의 가로수 밑에 심어진 분홍 꽃을 보는 순간 피곤함이 눈 녹듯이 사라졌다. 튤립을 생각하면 봄에 잠깐 피었다 금방 지는 꽃으로만 알고 있었는데 늦가을 그곳의 분홍 꽃무리는 몽환적이면서 사랑스러움이 있었다. 갑자기 피곤이 풀리면서 마음이 부자가 된 듯 푸근

해졌다. 그 후로 나는 튤립에 대한 로망이 생겼다.

옛날 로마 시대 이야기다. 아름다운 처녀가 살았는데 젊은 귀족 세 명이 그 처녀의 아름다움을 보고 결혼을 하고 싶어 했다. 신분이 높은 왕자, 기사, 부자 상인의 아들이었는데 그들은 자신이 가진 가장 소중한 것을 처녀에게 주면서 청혼을 하였다. 왕자는 금관을, 기사는 명검을, 부자 아들은 금덩어리를 주었다. 그러나 그 처녀는 셋 중에서 자신의 상대를 결정하지 못했다. 기다림에 지친 청년들은 떠나버리고 처녀는 그 충격에 병에 걸려 피어보지도 못하고 죽어버렸다. 그것을 본 꽃의 여신 플로라는 처녀가 가여워 왕관 같은 꽃송이와 칼 같은 꽃잎, 황금색 구근을 가진 꽃으로 태어나도록 해주었다고 한다. 튤립꽃에 숨겨진 전설 같은 이야기다.

튤립은 색깔마다 이름도 꽃말도 다르다. 빨간색은 사랑 고백, 노란색은 바라볼 수 없는 사랑, 분홍색은 애정과 배려라고 한다. 특히 보라색 꽃은 영원한 사랑을 뜻한다.

수없이 붓질하고 채색하면서 바탕을 황토색으로 칠해간다. 황토색도 여러 가지여서 이쪽저쪽을 빈티지스럽게 보이려고 하지만 쉽지 않다. 겨우 바탕을 칠하고 화병을 칠하면서 새삼 색의 미묘함에 빠져든다. 화가의 붓 터치와 선택한 색상은 화가 자신이 표현하고픈 걸 담는다. 그래서 그의 그림은 그의 삶의 태도를 보는 것과 같다고 한다. 처음 캔버스에 아크릴로 보라색을 표현하기가 어려웠다. 분명 빨강과 파랑을 섞으면 보라색이 되는 것을 알고 있지만, 원하는 색은 나오지 않았다. 빨강에 흰색을 약간 섞고 분홍을 만든 후 파랑을 섞으니 보라색이 만들어진다. 그러나 여덟 송이가 다 똑같은 색으로 보이지는 않는다.

앞의 두 송이는 약간 분홍빛을 띤 보라이고 뒤쪽의 가운데 세 송이는 좀 더 검붉은 보라 그리고 양쪽의 세 송이는 푸른빛이 돌고 있다. 명암의 차이에 따라 빛의 굴절에 따라 꽃이 다르게 보인다.

뻣뻣했던 캔버스에 약간의 색과 물을 섞어 바르면 흰빛의 캔버스는 서서히 생명력을 가진다. 아이가 태어날 때는 하얀 도화지처럼 순수하지만, 자신의 인성과 부모의 욕심이 더하여 자라면서 이상적으로 자라지 못한다. 그림을 그리며 우리네 인생살이를 생각한다. 계획을 세우고 밑그림을 가지고 시작하지만 어느덧 색이 이상하고 침침한 그늘도 생기고 아차 하는 순간 실수로 잘못 칠해 상상하지 못한 결과가 나오기도 한다. 그래도 아크릴의 좋은 점은 빨리 마르고, 다시 칠을 할 수 있다는 점이다. 우리 인생도 잘못된 선택으로 인생의 방향이 달라지고 전혀 다른 결과에 당황할 때, 덧칠로 수정할 수 있으면 좋을 텐데….

처녀의 뒤늦은 후회는 얼마나 가슴이 아팠을까. 돈과 명예 그리고 부귀영화까지 다 놓쳐버린 그녀의 마음은 얼마나 쓰라렸을까. 조금 더 신중히 고르려고 하다가 모두를 놓쳐버린 허무함, 얼마나 상심이 컸으면 꽃으로 피어났을까.

나 역시 첫사랑을 그렇게 놓쳤다. 사랑을 의심하고, 순수하게 받아들이지 못해서 떠나보냈다. 이별은 삶에서 불쑥 등장하는 인사처럼 그렇게 왔다 갔다. 하지만 평생을 그리워하지는 않았고 가끔 그가 들려주던 노래가 나오면 생각이 나곤 했다. 하지만 이루지 못한 사랑은 언제나 가슴 한구석에서 자라지 못하고 숨어 있다.

50년이 흐른 후 어느 문인회 행사에서 K선생을 만났다. 그는 평론가가 되어 심사위원으로 그 자리에 왔다가 내 이름을 발견하고 무척 반가웠다고 했다. 그는 대학 1학년 때 같이 했던 동아리 이야기를 하며 내가 첫사랑이었노라고 말하며 즐거워한다. 70이 다 된 할머니를 보고 아직도 20대의 청춘을 이야기해 주니 즐거웠다. 그렇게 인생은 엇갈리며 줄다리기를 하고 살게 되나 보다.

남편은 데이케어센터에서 만난 85살 난 Y할머니가 너무 귀엽다고, 어느 날 새벽 자다 말고 내게 와서 고백을 했다. 그녀와 데이트를 하고 싶다고 한다. 나는 어이가 없었지만, 그의 말을 귀담아 들어주고 달래서 잠을 재웠다.

그러나 그날 밤 나는 남편의 심정을 곰곰이 되새기며 잠을 놓쳤다. 남편이 아프고 난 후 나는 말을 잃어버렸다. 뇌 수두증으로 치매 판정까지 받은 남편의 딱한 모습에 한동안 말이 나오지 않았다. 나는 다시 불면증 약을 먹기 시작했다. 남편 수준에 맞춰 그에게 맞는 대화만 해야 한다는 사실이 처음에는 받아들이기 힘들었지만, 차차 적응할 수밖에 없었다. 76세 할아버지와 85세 할머니의 사랑, '인간극장'에나 나올법한 이야기다. 그래도 같이 노래도 부르고 서로 찜질도 해 주면서 좋다고 하니 할 말이 없다.

그 후 데이케어센터에서 집에 온 남편은 매일 Y할머니와 놀았던 이야기를 해준다. 이미 남편의 머릿속에서 나는 잊혀진 존재다. 아내라기보다 보호자로서의 느낌밖에 없나 보다. 나는 웃으며 맞장구를 쳐 준다. 몇 달 후 Y할머니는 요양병원으로 옮겨갔다. 남편의 상심이 클까 봐 걱정했는데 남편은 금방 Y할머니를 잊어버렸다.

보라색 튤립이 나에게 묻는다. "오늘은 고백을 했니?" "아니, 못했어."

누구한테 무슨 말을 해야 할까, 보라색 튤립은 슬며시 고개를 떨구고 나를 바라본다. 가슴앓이는 아무리 신통한 약도 소용이 없다. 그저 잠잠히 시간이 지나가길 기다릴 수밖에.

마음의 모양

마음을 표현하는 단어를 적어주면 '내면 초상화'를 그려주는 작가가 있다. 그는 ≪마음의 모양≫이란 그림에세이를 쓴 작가 겸 화가다. 대학 3학년 때 우연히 자신의 길을 찾다가 화가가 된 그녀는 7년째 이 일을 하고 있다. 그는 삼천 명이 넘게 세계 각국의 사람을 만나 작업을 했다. 그녀의 작은 그림을 보고 있으면 장욱진 화가가 떠오르기도 하고 피카소와 릴케가 떠오른다. 많은 사람과 소통하며 작업을 즐겁게 하는 그녀는 상담사 같고 치료하는 의사처럼 느껴진다.

나는 이 책을 보고 나자 그녀가 만나고 싶어졌다. 그리고 나의 마음을 표현하는 단어는 무엇일까 하고 생각해 보지만, 한 단어로 규정하기에는 힘들었다. 많은 생각이 스쳐 지나간다. 고통 괴로움 불안 등등 부정적인 단어들이 춤을 춘다. 책 속에 나오는 어린아이같이 단순하면 좋으련만….

처음에 '괴로움'이라고 표현한 소년이 그림을 받고 자신을 치유하며 변화되어 가는 과정도 흥미롭다. 10번째 방문을 하면서 방황에서 따뜻함, 좋은 사람으로 점점 긍정적으로 바뀌어 가는 그를 보며 즐겁게 기다리는 작가 자신도 소년으로 인해 치유 받고 있었다. 마지막으로 건넨 단어 '한 발자국'과 그의 메일에서 "지금 이만큼이 대단하고 소중하고 아름답다는 것을 알게 됐어요. 삶을 살고 있다는 사실만으로 저는 아름다운 존재였어요. 가장 자연스럽게 한 발자국씩 내딛고 있어요."라고 말하는 소년은 선지식처럼 느껴졌다. 결국 사람들에게 위안을 주는 것은 내면 초상화를 그리는 과정이었다. 그림을 보면서 자신과의 만남을 이어 주고 깊이 마주할 때 오는 성찰로, 자존감을 높이고 깨달음을 얻을 수 있기 때문이다.

많은 사람을 만나며 그중에 간혹 자신을 표현하기 어려운 사람들에게는 좋아하는 것, 300개를 적다 보면 자신이 어떤 사람인지 알 수 있다는 이야기를 해 주는 것을 보고 나도 적어보았다.

여행 나무 그림 음악 영화 책 커피 빗소리 목화꽃 라디오… 대충 적어보아도 20개를 넘기기가 어렵다. 과연 나는 어떤 사람이었지? 내가 지금 어떤 느끼고 있는 이 감정은 무엇일까. 좋아하는 것을 명사로 표현하기보다 동사나 형용사, 혹은 어떤 장면이나 동작들로 표현하는 것이 더 쉬웠다.

되돌아보니 어릴 때는 항상 자유를 그리워하며 가출을 꿈꾸었고, 중년이 되어서는 책임감에 억눌려 일탈을 도모했지만 늘 제자리에서 맴돌았고, 노년이 되고 나니 아쉬움과 회한에 체념하며 어정쩡하게 서 있는 모습이다. 그래서 여행을 꿈꾸며 헤매고 다녔지만, 늘 제자리에서 움직이지 못하고 서 있는 나무들이 내 모습 같았다.

가슴이 답답할 때면 큰 나무등걸에 기대어 이런저런 이야기를 나누는 것을 좋아하고, 혼자 '인간극장'을 보며 훌쩍거리며 우는 것을 좋아한다.

이제 나의 내면 초상화 그림이 그려지기 시작한다. 큰 나무 밑에 여행 가방을 들고 서 있는 모습이다. 무성한 나뭇잎들은 세찬 바람을 막아줄 것이고 바람 소리는 나의 마음을 가라앉히고 잎 사이사이로 보이는 하늘빛은 나의 걱정들을 푸른빛으로 날려 보낼 것이다. 그리고 빨간 가방은 나를 미지의 나라로 데려다 줄 것이다.

지금 내가 처한 현실은 힘들지만, 아직 꿈을 꿀 수 있고 용기를 내어 한 발자국만 내디디면 모든 발자국이 되고 길이 되듯이, 조금씩 나아가다 보면 빛도 보이고 수수께끼 같은 바람도 지나갈 것이다.

가슴을 쓰다듬는다. 결국 이 밤도 지나갈 것이다.

지인들은 모두 요즘 내가 처한 현실을 들으면 "힘들어서 어떡해요?" 하며 딱하다는 얼굴로 나를 위로한다. 지난달 딸네와 살림을 합친 나는 6식구의 밥을 해먹이고 치매를 앓고 있는 남편과 손주 둘까지 돌봐야 하는 나의 처지를 그들은 안타까워한다.

"할머니 엄마는 언제 와?" 늘 엄마의 부재에 목말라 있는 네 살짜리 손주는 묻는다. 엄마를 찾아 달라고 떼를 쓰는 아이를 달래며 간간이 힘들어서 눈물을 삼키기도 하지만, 그러다 아이의 재롱에 같이 웃기도 한다.

사랑해 좋아해 행복해…. 눈에 보이지 않는 마음들이 우리를 기쁘게 한다. 갑자기 좋아하는 단어들이 떠오른다. 아들 딸 손자 손녀 며느리 사위, 친정엄마 형제자매들 친구 선배 후배들…. 사물들에서 사람으로 대상이 바뀐다.

300개까지 채우려면 더 많이 사랑하고 더 많이 그리워해야 할 것 같다. 아직도 세상에는 할 일이 많이 남아있다는 사실이 가슴을 뛰게 한다. 지금 처한 상황들을 받아들이고 모든 것을 헤아리며 기다려야 한다.

오늘은 '헤아림' 공부를 하러 가는 날이다. 처음에 헤아림이라는 말을 들었을 때 무슨 말인지 막연했는데 공부를 하면서 점점 우리의 마음은 바뀌어 갔다. 우리는 비슷한 처지로 만난 치매가족 자조모임이다. 생각보다 감정이 앞서는 어려운 실정을 알고, 환자를 돌보는 지혜를 알려 주고 섬기는 방법을 알려 준다. 간과하기 쉬운 가족들의 마음가짐과 환자의 인권에 대해서도 생각해 본다. 그들의 눈높이에 맞춰 그들과 의사소통을 잘할 수 있게 구체적인 방법도 알려 준다. 하지만 다들 환자를 돌보는 일에 지친 가족들은 자신을 추스르는 일이 힘들다.

나 자신을 헤아려야 다른 사람도 잘 헤아릴 수 있다는 간단한 진리를 새기며 오늘은 마음이 어떤 모양일까 다시 생각한다.

푸른 빛깔은 늘

친구가 25년 만에 개인 자수 보자기 전시회를 했다. 호가 송설헌(松雪軒)인 그 친구는 소나무처럼 기개가 있고 눈처럼 마음이 순수하다. 매년 작은 복주머니를 만들어 나누어 주며 모든 사람에게 행복을 주는 친구다.

규방공예인 바느질은 가장 기초인 홈질부터 시작한다. 그리고 박음질 공구르기 시침질 등 4가지 기법을 이용하여 천을 붙이고 꿰맨다. 옛날에는 손수 옷을 지어 입고 수를 놓았다. 친구는 특히 모란꽃을 잘 놓는데 노리개 굴레 모란문 두루주머니에 놓은 수가 기가 막히다. 마치 방금 피어난 듯 탐스럽고 영화롭고 단아하다.

친구의 작품 속에는 그녀의 인생이 묻어있고 한숨과 눈물이 녹아있다. 화려한 비단 천에 꽃과 예쁜 나비를 수놓으며 그 친구는 반평생을 보냈다.

〈봄의 속삭임〉 〈소소한 일상〉 〈노을의 꿈〉 〈녹음〉 등 70여 점의 자수와 보자기, 노리개, 화관 등이 전시되어 있다. 보고 있자니 푸른 조각보가 눈에 띈다.

마티스의 작품을 연상시키는 그 작품은 나를 사로잡았다. 푸른 삼각형 조각으로 구성되어 있는 작품은 간간이 흰색 조각과 노랑 색이 군데군데 섞여 있다. 마티스와 피카소를 연상시키는 이 작품은 조각보를 현대적으로 풀어낸 작품이다. 각각 염색을 하고 한 땀 한 땀 연결해서 붙이는 이 작업은 바느질을 어느 정도 한다고 해서 되는 작업이 아니다. 퀼트를 해보아서 아는데 비단과 모시에 바느질을 하는 것은 섬세하고 인내심을 요하는 것이다. 조금만 한눈을 팔아도 비틀어진다. 마음을 비우고 전심으로 몰입해야만 되는 작업이다.

친구는 1997년부터 바느질을 했는데 그동안 꾸준히 염색 칠보 매듭 등 관계된 작업을 병행해서 배웠다. 국제대회에 나가 수상도 하고 정기전을 꾸준히 하더니 드디어 개인전을 열었다. 새삼 친구의 열정과 부지런함에 존경을 표한다.

나는 바느질을 잘 못 한다. 성정이 꼼꼼하지 못하여, 가정 시간에 숙제로 내준 수예 작업도 외숙모나 일하는 아이들에게 맡기곤 했다. 그러다 우연히 부엉이 작업을 하게 되었다.

십수 년 전 부엉이 공방에 찾아가 처음 바느질을 하면서 옛 여인들의 노고와 노력한 만큼 작품이 탄생되는 것에 재미를 느끼면서 부엉이를 많이 만들었다. 손녀딸 첫돌 기념으로 의미있는 것을 만들어주고 싶어 시작한 것에 빠져 한 5~6년을 열심히 했다. 그러다 남편이 아프고 둘째 손자가 태어나 황혼 육아로 그만두게 되었다. 아직도 재료들과 천들이 상자 속에서 잠자고 있다. 퀼트는 천을 조각 작업한 후에 솜과 뒷감을 대고 도안대로 누벼 완성되는 형태다.

주로 면을 사용하는데 요새는 실크와 레이온, 벨벳 등 다양하게 이용하고 있다. 나는 천을 오리면서 색감의 다양성과 화려한 문양에 빠졌는데 특히 푸른색의 다양함에 빠져 한동안 푸른색 천만 보면 사들이곤 했다.

경인미술관 내에 은은히 흐르는 음악 소리와 작품들이 하고 있는 이야기들을 듣고 있으니까 잠시 저 멀리 조선 시대로 돌아가 거닐고 있는 듯한 착각에 빠진다. 규방에 갇혀 자신의 심경을, 한올 한올 수를 놓으며 풀어나갔을 어머니들을 생각하니 새삼 우리 여인들의 한과 예술성이 엿보인다.

이상하게 푸른색이 들어간 작품들을 보면 안정감을 얻는다. 퍼런 바다색도 파란 하늘색도 아닌 푸른 숲을 연상케 하는, 푸른색에서 안정감과 평온함 그리고 가슴 뛰는 열망을 느낀다.

푸른빛은 쪽빛에서 나온다. 초록색 쪽풀에서 푸른빛이 나오는 과정은 신비롭기까지 하다. 쪽풀을 따서 니람(색염료)을 만들어 6, 7번의 헹굼을 거치는 동안 푸르게 변하는 천들을 보면 황홀하기까지 하다.

마티스의 〈푸른 창문〉, 김환기의 〈달과 매화와 새〉, 영화 ≪푸른 호수≫ 등 이런 작품들을 좋아한다. 특히 서정주 시인은 〈푸르른 날〉이란 시에서 '눈이 부시게 푸르른 날에는 그리운 사람을 그리워하자.'라고 노래한다.

그 후 나는 푸른색이 나의 보호색이라도 되는 양 푸른색을 아끼고 사랑해왔다. 지금 나는 늦게 시작한 미술 작업을 통해 마음껏 푸른색을 호사하며 즐기고 있다.

나는 애쓴 친구를 위해 박수를 보내며, 10년 후 내가 하고 있는 미술 작업이 완성되면 나도 전시회를 해보리라 하는 푸른 꿈을 가득 안고 전시회장을 춤추듯이 걸어 나왔다.

슬기로운 신세계

“마음이 어지러울 때는 에세이를 읽고 심심할 때는 소설을 읽고, 시간이 여유로우면 영화를 본다.”는 말이 있다. 그러나 요즈음 나가지를 못하니 하루 종일 TV를 틀어놓거나 유튜브를 골라본다. 다양한 소식과 강의를 듣다보면 시간 가는 줄 모른다. 그러다 보니 핸드폰은 필수품이 되었다. 스케줄 관리부터 은행일 잡무처리, 장보기 택배와 음식 주문 등 모든 것이 해결되어 편리하다. 그래서 나도 최신 폰으로 바꿨다. 모든 일이 장비가 갖추어야 능률이 오르듯이 역시 새로운 핸드폰은 나에게 신세계를 보여준다.

“할머니 게임 한 판만 할게.” “할머니 심심해.” “배고파.” 유치원과 학교를 안 가니 손주 녀석들은 ‘꼬마 5식이’라는 별명답게 하루 종일 종알거리며 내 뒤를 졸졸 따라다닌다.

코로나 사태가 심각해지자 사회적 거리두기도 2.5단계로 올라가고, 5인 이상 사적(私的) 모임도 금지되고 노부모님 뵈러 고향도 못 간다. 세상은 커다란 벽을 쌓아 놓은 듯 갑갑하고 혼란스럽다. 길 건너 아파트에서 수십 명의 확진자가 나왔다고 방송이 나온 뒤에는 그쪽 길로 가는 것조차 부담스러워 옆길로 돌아서 다닌다. 엘리베이터에서 사람을 만나면 뒤로 돌아서서 눈치를 보고 마스크에 모자까지 눌러쓴 모습들은 외계인같이 느껴진다. 깜깜이 환자가 많이 돌아다닌다는 뉴스에 집 밖을 나갈 수가 없을 정도로 불안감과 공포심을 느낀다.

요즈음 '슬기로운 생활'이 시리즈로 나와 유행이다. 드라마를 통해 유행된 이 단어는 '슬기롭다'의 활용형으로 초등학교 1학년과 2학년에 쓰이는 통합교과의 하나다. '슬기로운 의사 생활' '감방 생활' '탐구생활' '재테크' '육아' 등등. 그래서 나도 집콕 생활을 슬기롭게 지내려고 계획을 세웠다.

오전에는 손녀가 비대면 수업을 하니 7살 손자와 게임을 하고, 점심을 먹고 나서는 뒷산으로 산책을 간다. 매봉산 뒷자락이라 정상의 원형광장에는 운동기구도 있고 토끼도 있다. 먹이를 주려고 아이들이 분주히 왔다 갔다 하는 모습을 보는 것이 즐겁다. 내려올 때는 다른 쪽 아파트로 내려와 놀이터에서 한참을 놀다 보면 오후 시간이 대충 흘러간다. 산에 못 갈 때는 아이들과 간단한 요리를 만들어 먹고 인형 놀이를 하기도 하고 캠핑 놀이를 즐기기도 한다. 매일매일이 힘들고 부담스럽지만, 확진자들이나 의료계 종사자들이 힘들게 생활하는 것을 보면 불평하는 것조차 사치스럽다는 생각이 든다.

그런데 어느 날부터 산책을 해도 책을 읽어도 마음이 개운치 않고 머리가 무거웠다. 새백 예배를 마치고 기도를 해도 가슴이 답답하고 출구 없는 터널을 걷고 있는 듯 캄캄했다. 숨이 많이 차고 한 걸음 한 걸음이 천근만근이다. 불면증이 다시 시작되고 수면제 없이는 하루도 잘 수가 없다. 신경과에서 검사를 하니 우울감이 높게 나왔다면서 우울증약을 같이 처방해 주었다. '코로나 블루'에 걸린 듯하다. 혈압도 140에서 165 사이를 오락가락하고 부정맥이 널을 뛴다. 심장내과에서 사진을 찍고 검사하니 심장이 약간 붓고 간 수치가 높게 나왔다. 내 몸이 아프니 일에 의욕이 없고 꼼짝할 수가 없다. 기력이 달려 자꾸 눕고만 싶다. 특히 심장에 이상이 있다고 하니 갑자기 자다가 심장이 멈추면 어쩌나 하는 걱정과 우울증이 심해져 세상이 허망하고, 아픈 남편은 어쩌나 하는 걱정에 계속 눈물만 흘렸다.

"할머니 몇 살이야?" "할머니는 언제부터 할머니였어?"

일곱 살 손자에게 '네 나이에 10배'라고 가르쳐 주어도 계산이 안 되는지 계속 묻는다. 이 녀석은 시간 감각을 아직 몰라 "할머니 지금 점심이야 저녁이야?" 하고 묻고, 알츠하이머를 앓고 있는 남편은 시공간 감각을 잊어버려 오늘이 며칠이고 무슨 요일인지 모르고 그냥 시간을 보낸다.

나는 이 둘 사이에서 시간을 놓치지 않으려고 때맞춰 식사를 차려주고 약을 먹인다. 딸과 살림을 합쳐서 손주들을 돌봐주고 남편도 돌보며 3년을 넘게 살다 보니, 몸과 정신이 모두 지쳤나 보다. 석 달을 넘게 고생하다 보약을 먹고 수승화강(水升火降) 침을 맞는 동안 조금씩 기력이 회복되었다.

시간이란 누구에게나 똑같이 적용되지만 이상하게 양과 질은 다르게 느껴진다. 좋은 사람과 행복한 시간을 보낼 때와 하기 싫은 공부를 할 때는 확연히 다르게 작용한다. 앞으로 살아온 시간보다 남은 시간이 더 적은 이 나이에 어찌하면 시간을 유용하게 쓸 수 있을까. 슬기로운 생활은 어떻게 하는 것일까? '지혜롭고 현명하게'라고 사전에 나오지만, 노년의 생활은 '외롭거나 아니면 괴롭거나' 하는 생활 중에 '괴롭거나'를 선택하고 손주들을 봐주는 이 생활은 과연 현명한 선택이었을까, 곰곰이 따져보아도 그때는 그 방법이 최선이었음을 인정하고 자책하지 않기로 했다. 주어진 환경과 상황에 순응하고 감사하며 살기로 마음먹으니 조금씩 어두운 기운이 사라져 갔다. 아직은 할 일이 많다. 시간이 지나면 해결되리라 마음먹으니 한결 개운하다. 그 덕분에 잠깐씩 틈을 내서 좋은 시집을 많이 읽었다.

새해가 되었다. 비대면 수업 방법의 하나로 줌(zoom)을 설치하고 독서 토론을 다시 하기로 했다. 13명의 회원이 참여하고 이야기를 나누다 보니, 새로운 국면에 또 하나의 세계가 열린다. 다른 회원들은 영어 공부도 중국어 공부도 줌 형식을 빌려 하고 있다고 한다. 새로운 신세계가 열리고 있다. 모두 슬기롭게 상황들을 헤치고 레테의 강을 건너고 있다.

마녀의 거울조각

우리는 타락한 세상에서 살고 있다. 인류의 생존을 위협당하고 있는 뉴스를 본다. 자연재해로 알 수 없는 사고와 전염병에 공격당하고 있는 이 세상을 보고 있으면, 인간들의 교만과 죄악에서 야기된 것은 아닌가 하는 생각이 들 때가 있다. 사람들은 영원하지 않은 것들에 가치를 두고 그것들을 추구하고 있다.

옛날에 한 마녀가 거울을 하나 가지고 있었다. 그 거울은 이상하게 사물이 바로 보이지 않고 삐뚤어져 보이고, 사람의 마음까지도 부정적이고 사악하게 만들었다. 마녀는 인간들이 악한 마음을 먹고 잘못을 저지르는 모습을 보고 웃음을 지으며 기뻐했다. 그런데 어느 날 마녀는 너무 좋아하다가 거울을 떨어뜨렸고 그 조각들은 산산이 깨져 세상 밖으로 흩어졌다. 우주 속으로 흩어진 거울 조각은 온 세상으로 퍼졌고 그 조각들은 인간들

마음속과 눈 속, 입으로 들어갔다. 그 후 거울 조각을 삼킨 사람들은 나쁜 사람이 되었고 악은 창궐(猖獗)해서 온갖 못된 짓들과 욕들 그리고 범죄가 생겨났다고 한다.

인간의 특성이 유희적인 존재여서 삶의 재미를 찾게 되면 인간을 돌이킬 수 없는 파괴의 길로 가게 된다. 사람은 자유의지로 움직인다고 하지만 논리는 교만에 지배되며 지성은 욕망에, 물질적 소득은 사람을 거짓말쟁이로 만든다. 그런 사람들은 보이는 것들만 탐닉한다.

나 역시 어릴 때 어머니를 미워한 적도 있었고 책을 사야 한다는 거짓말로 용돈을 탄 적도 있다. 매사 뾰족한 성질을 부리곤 했다. 오죽했으면 '신경질쟁이 큰누나'라며 동생들이 내 곁에 오지도 않았을까. 박봉의 군인월급으로 5남매를 키워야 했던 어머니의 고충을 이해하는 데 40년의 세월이 걸렸다.

지금도 얼굴 화끈거리는 기억이 하나 있는데 초등학교 4학년 때 일이다. 선거 후보로 나온 Y는 키도 크고 얼굴도 예쁘고 부잣집 딸이었다. 나에게는 없는 오빠가 둘이나 있었고 고명딸로 귀티가 나는 아이였다. 그애를 따르는 아이들과 나를 따르는 아이들로 나뉘어 선거를 치렀지만, 결과는 물론 나의 참패였다. 그 아이는 반장, 나는 부반장이 되었다. 그러나 나는 그 아이를 왕따시키고 반에서 하는 일도 협조하지 않고 뒤틀어진 행동을 했다. 이상하게 그녀를 볼 때마다 열등감에 싸여 아이들에게 거짓말로 이간질을 하곤 했다. 이 학기가 되었다. 다시 반장선거를 하고 나는 반장이 되었다. 반장이 되고 보니 아이들을 통솔하는 일이 쉽지 않았다. 그런데 그 아이는 나를 많이 도와주었고 언니처럼 큰 품으로 안아주었다. 그 후 Y와 친해져서 같이 공부도 하고 집에도 놀러가 친하게 지냈지만 언제나 내 가슴 한 구석에는 Y에 대한 열등감과 부러움이 있었다. 5남매의 맏딸로 부모님의 기대는 컸지만 나는 역량이 부족했다. 활짝 웃지도 못하고 칭찬에 어색해하는 나는 스스럼없이 마음껏 어리광도 부리고 오빠들의 지지를 받는 Y가 무척 부러웠다. 그 후 중·고등학교 대학까지 다른 학교를 다녔지만, 늘 Y의 안부가 궁금했다.

끝없이 나를 들여다보라는 니체의 철학서 ≪선악의 저편≫에서 "고귀함을 갈망한다는 것은 고귀한 영혼이 결핍되어 있는 것이고, 자신에 대한 확신이 부족한 것이다."라고 했다. 그 친구를 보면 언제나 그의 포용력에 나는 작아질 수밖에 없었다. 니체는 이 책에서 악의 발생학을 보여준다. 고귀한 것의 '우열' 중 열을 어떻게 '악'으로 규정하는 것을 보여준다. 나는 열등감에서 '악'이 발생하는 것을 체험했다. 나의 열등감이 왕따를 시키고 이간질을 시켰다. 그 후 나는 부러우면 부러운 대로 인정하고 상대를 향해 '좋겠다. 잘했어'라고 덤덤히 말해주려고 부단히 노력했다. 나를 거울 조각으로 찌르지 않으려고, 성숙하려고 노력했다. 포기라는 말에 흔들리지 않고 마음의 여유를 찾으려고 애썼다.

다가오는 대선 정국에서 우리는 흔히 볼 수 있다. 상대방에 대한 흑색선전과 거짓말, 말꼬리 이어 잡기 등으로 혼잡한 가운데서 다들 자신이 대한민국을 위한 대통령이라고 떠들고 있는 후보들을 보면서 마녀는 웃음을 짓고 있을 것 같다.

"거울아 거울아, 이 세상에서 누가 가장 나쁜 사람이지?" 하고 물을 것 같다. 약자가 보호받고 강한 자가 배려하고 포용(包容)하는 그런 세상을 꿈꾸어 본다.

시대의 얼굴

바이러스라는 녀석이 우리를 고립시켜 각자의 자리에서 섬처럼 움직이지 못하게 만들었다. 나는 그 긴 그림자를 지워버리고 싶어 집을 나섰다.

오랜만에 국립박물관에 전시회를 보러 갔다. 〈시대의 얼굴〉 –셰익스피어에서 애드시번까지의 초상화 작품들이다. 영국 국립초상화미술관이 간직한 작품들 중 76명의 삶과 이들을 그린 초상화를 전시한다.

얼굴은 그 사람의 혼이 깃든 작품이라고 한다. 한 장의 사진으로 사람들의 모든 것을 말해주는 시대에, 초상화는 배경과 옷자락에서 그 시대상을 알 수 있고 한 선 한 선 그려 내려간 사람의 얼굴 주름 하나에서 그들의 인성과 품격을 보여준다. 그래서 장르 언어 상황 문화 역사를 알아야 그 사람에 대해 정확히 알 수 있다.

초상화는 낯설지만 그림 속의 인물들만 보는 것이 아니다. 그들과 만나 이야기를 나누는 심리적인 경험이기도 하다. 전시는 5부로 나뉘어 명성, 권력, 사랑과 상실, 혁신, 정체성과 자화상으로 보여준다. 그중에 특히 시선을 끄는 작품이 엘리자베스 1세의 초상이다.

그림 속의 그녀는 좋아하는 진주로 장식된 드레스를 입고 머리에도 진주가 박힌 티아라를 썼다. 그녀의 손에 들고 있는 장미는 튜터 왕조를 상징하고 가슴에 새겨진 불사조 펜던트는 영원한 왕조를 의미한다. 1575년경 니컬러스 힐라어드가 그린 것으로 추정되는 작품은 우아하고 순결해 보이기까지 한다.

헨리 8세 두 번째 부인인 앤 불린의 딸로 ≪천일의 스캔들≫이란 영화에서 당시의 시대 상황을 본 적이 있다. 왕위 계승 순위에서 한참 밀려나 있고 핍박을 받으며 런던탑에 갇히기도 했던 그녀는 어릴 때부터 책을 많이 읽고 특히 외국어에 능통해서 ≪철학의 위안≫이란 책을 번역하기도 했다. 여왕이 된 엘리자베스는 스페인의 무적함대를 제압하고 셰익스피어와 같은 대문호를 탄생시키고, 영국이 대영제국으로 발전할 수 있는 토대를 마련했다. 그녀를 자세히 들여다보니 눈은 영롱하며 정기가 있고, 얼굴에 비해 작은 입은 의지가 엿보인다. 어머니 앤의 기질을 물려받아 권력이 '세상을 움직이는 힘'이라는 것을 알았던 그녀는 70년의 긴 삶을 조국 번영을 위해 힘썼다.

다음으로 눈에 들어온 그림은 브론테 세 자매의 작품이다. 1834년경 자매의 남동생 페트릭 브란웰 브론테가 그린 작품으로 앤, 에밀리, 살럿을 보여준다. 에밀리의 초상화는 본 적이 있지만 세 자매를 같이 그린 작품은 처음이다. 셋은 나란히 서서 다른 곳을 보고 있다. 19세기 요크 지역에서 태어난 그녀들은 일찍 어머니를 잃고 목사인 아버지와 생활한다.

영국 여행에서 나는 목사관을 찾아갔고 ≪폭풍의 언덕≫의 배경이 된 히스가 무성한 산악지대 웨스트라이딩의 벽촌 하워스를 구경했다. 그녀들은 정규교육은 받지 못했지만 세 자매는 서로의 존재에 대해 문학적 재능과 역량을 알고, 자신들만의 가상세계를 창조해 놀이처럼 글을 쓰며 훈련한다. 세 자매는 같이 합저 시집 ≪커러 엘리스 액턴 벨의 시≫를 출간하기도 했다. 그러나 당대에는 불온한 책으로 취급되어 큰 논란을 일으켰다. 그러나 사후 1세기를 대표하는 여성 소설가로 자리매김하며 시인으로서도 인정받는다. 그녀들의 얼굴에는 무엇인지 모를 슬픔이 느껴진다. 175년 전 에밀리 브론테가 쓴 〈상상력에게〉라는 시를 읽으니 그녀의 심정이 느껴지는 것 같다.

긴 하루의 근심과, 아픔에서 아픔으로
세상 변하는 것에 지쳤을 때
길을 잃어 절망에 빠지려 할 때
그대의 다정한 음성이 나를 다시 부른다
오, 나의 진실한 친구여 나는 혼자가 아니구나
그대가 그런 어조로 말할 수 있는 한 (중략)

전시를 보고 나오니 갑자기 장대비 같은 소나기가 몰아친다. 작은 양산으로는 감당이 안 된다. 나는 오래간만에 시원한 물줄기를 온몸으로 맞으며, 갇힌 둥우리 속에서 풀려난 새처럼 날았다. 전 생애를 살다간 그녀들을 가슴에 안고 빗방울과 함께 어린아이처럼 첨벙거리며 빗속을 달리니, 우울이 갉아 먹었던 시간들이 솟구쳤다.

내기

안톤 체홉의 ≪The bet≫라는 소설이 있다. 1888년에 쓴 단편으로 이 작품은 ≪내기≫라고 번역되었다. 내기란 금품을 거는 등 일정한 약속 아래서 승부를 다투는 것으로 이긴 사람이 그 돈을 차지하는 것이다. 이 소설은 2백만 루블을 걸고 부유한 중년 은행가와 25살의 변호사가 사형제에 대해 논의하다가 시작된다. 인간이 고립되어 감금당해 사는 것보다 사형당해 한 번에 죽는 것이 낫다고 이야기를 하며 조금씩 죽이는 것보다 한 방에 죽는 것이 낫다고 생각한다고 은행가는 말한다. 변호사는 어떤 상황이건 목숨을 유지하는 것이 잃는 것보다 낫다고 주장하다가 그 둘은 내기를 하게 된다.

나는 이 이야기를 읽고 과연 인생에서 가치 있는 것이 무엇인지를 생각해 보았다. 무엇이 우리를 지켜줄까, 인간으로서 자신의 존재 이유는 무엇일까? 나는 과연 유혹 앞에서 무너지지 않고 자존심을 지킬 수 있을까, 요즈음 유행하고 있는 ≪오징어 게임≫이라는 드라마도 456억 원의 상금을 두고 게임에 참가한 사람들이 승자가 되기 위해 목숨을 걸고 도전하는 이야기다. 내기라는 것에 목숨까지 바치는 인간들의 군상을 다양하게 보여준다.

내 인생에서 제일 커다란 내기는 결혼이었다. 친정아버지와 팽팽한 대립을 하며 잘 사나 보자고 내기를 했다. 48년을 살고 있지만, 아직 승부를 보지 못했다. 불만스럽다가도 이혼을 생각하다가도 친정아버지를 생각하며 참고 지냈다. 아버지는 돌아가시고 아직도 나는 혼자 남아 끙끙거리고 있다.

내기를 좋아하지 않지만 일곱 살짜리 손자는 내기를 좋아해 부루마블 게임에서 제 누나나 할머니를 이기려고 하는 것을 보면 재미나면서도 짠하다. 벌써 어린 것이 승부에 연연해 자기 분을 못 이기는 것이 인간의 근성을 보는 것 같아서다. 오목을 두거나 알까기를 할 때도 똑같다. 자기가 이기면 눈웃음을 치며 엉덩이춤을 춘다. 누나에게 지면 화를 내고 바둑알을 던지는 것을 보며, 얼마나 지는 것이 싫으면 저럴까 싶기도 하고 분노 조절을 못하는 것 같아 걱정도 한다. 그래서 이겨도 겸손하라는 말을 해주며 나는 가끔씩 손자에게 일부러 져준다.

세상은 헛된 꿈이라고, 한갓 안개에 휩싸인 공허한 바람이라고, 죽음 앞에 공평하게 사라진다고 알고 있다. 하지만 승부욕과 동기부여가 없으면 발전이 없다라며 인간들을 부추긴다. '매일 아침 옳은 것들을 바로 보게 하시고 다만 악에서 구하옵소서' 하고 기도하지만, 쉽지 않은 일이다.

모든 날 모든 순간

나는 무엇인가 만드는 일을 좋아한다. 퀼트 천을 오려 붙이고 색깔들을 맞춰 인형을 만들거나 가방과 지갑 소품들을 만드는 것을 좋아한다. 바느질을 잘하는 것은 아니지만 무생물이던 것이 나의 손길에 의해 의미와 재미가 부여되어 생명체처럼 변하는 것이 신기하고 좋다.

12년 전 외손녀가 태어나 첫 돌을 맞이해 무엇인가 의미 있는 것을 내 손으로 만들어 주고 싶어 찾은 일이 부엉이를 만드는 일이었다. 부와 지혜를 상징하는 부엉이는 만드는 것마다 표정이 다양했다.

몇 년 작업하다 보니 신비롭게도 어느 날은 부엉이가 나에게 말을 걸어왔다. 공방에 모여 바느질을 하면서 문하생들과 수다를 떠는 것도 재미있었고, 그것들을 팔기도 하고 선물하면서 얻는 재미도 쏠쏠했다. 이제는 손녀와 같이 인형 옷을 만들고 논다.

다음으로 내가 좋아하는 것은 비즈공예다. 형형색색의 작은 비즈를 엮어 목걸이와 브로치를 만들면 세상에 하나뿐인 것이 된다. 좁쌀같이 작은 그것들을 손으로 하나하나 엮고 작업하여 완성이 되면 보람차다. 작업하는 동안 무아지경이 된다. 여러 가지 구슬들이 저마다 날개를 달고 세상을 날아다니는 듯하다. 그것들을 팔아서 선교 기금을 마련해서 보내기도 했으니 나름대로 보람이 있었다.

작년 여름 딸네와 살림을 합치며 정리를 하다 보니 내가 그동안 모아두었던 천들과 부속품 그리고 비즈들이 몇 박스가 나왔다. 둘째 손주를 돌봐줘야 해서 더 이상 그것들을 붙들고 있을 수 없는 처지가 되었지만 버릴 수가 없었다.

다음으로 사랑하는 책들을 400권으로 줄여 보려고 해 보았지만 그것도 실패했다. 옷들과 그릇들 살림살이들이 몇 차례 실려 나가고 큰방 하나에 책장과 책상 컴퓨터 오디오와 침대를 겨우 맞춰 넣었다. 과감하게 정리를 해야 되는 나이가 되었는데도 나의 욕심들이 그것을 용납하지 못한다. 이제는 더 이상 새로운 일을 벌이지 않고 있는 것들로 생활하자 결심했지만, 지금도 책을 사고 예쁜 물건들을 보면 사들인다.

손자가 다섯 살이 되자 유치원 종일반이 되어 오후 4시 반에 오고, 남편도 데이케어센터에서 오후 5시에 온다. 아침 10시부터 오후 4시까지 6시간 동안 나만의 시간이 되었다. 애틋하고 아쉬운 시간이다. 어렵게 얻은 시간이라 어떻게 보내야 할지 고민하다 그동안 동경만 하던 공부를 시작했다.

6월부터 새로 시작한 미술 수업이 요즈음 나에게 큰 즐거움을 준다. 아직 미숙하지만 그려놓은 정물들과 인물들에 아크릴 물감으로 색칠을 하고 붓으로 물을 찍어 풀어주면 나타나는 색들이 선명해지고 사실감이 살아난다. 모방에서 창조가 나온다지만 흡사 내가 화가라도 되는 양 선 하나 점 하나까지 묘사하고 있으면 황홀하다.

76세에 그림에 도전한 모지스 할머니의 ≪평범한 삶의 행복을 그리다≫라는 책을 보고 난 후 나도 꿈을 꾸었다. 캔버스에서 물감과 물이 조화되어 하나의 새로운 세상이 펼쳐지는 것이 신비롭다. 이제 세상의 모든 것이 그림으로 나에게 다가온다. 선생님이 잘한다고 칭찬을 해주니 더욱더 힘이 난다. 열심히 그려서 다음번 작품집에는 서화(書畵)집을 내고 싶다는 희망도 품어본다.

그동안 살아오면서 많은 일이 있었다. 친정에서는 맏딸로, 시집온 후에는 맏며느리로 온갖 대소사를 치르며 살았다. 겨우 숨

돌리나 했더니 남편이 뇌수두증으로 몇 번의 입원과 수술로 마음을 졸였다. 남편의 병간호 중에 딸이 박사학위 공부한다고 아이들을 맡겨와 돌보다가 내가 넘어져 오른발이 부러졌다. 6개월을 고생했다.

어느 날 심장이 찢어지는 것 같은 통증으로 병원에 갔더니 신경에 과부하가 걸려 그렇다며 공황장애 약을 처방해 주었다. 그럴 때마다 좌절감과 우울증으로 힘들었지만 틈틈이 좋아하는 바느질을 하고 비즈공예를 하면서 색깔들이 주는 위로로 불면증과 두려움을 이겨낼 수 있었다.

어릴 적 만화경 속의 색종이들의 모양을 보며 나의 꿈을 키웠다면, 퀼트 천들과 비즈로 세상을 만나고 이제는 도화지와 물감들에서 새로운 세상을 본다. 사랑의 시선으로 바라보면 생의 순간순간들이 모두 그림이다.

세상은 코로나19로 '사회적 거리두기'라는 신조어도 만들었고 모두 불신과 두려움으로 은둔생활을 한다. 봄꽃이 휘날려도 창밖으로만 바라보고 평범한 일상을 그리워한다. 연장된 방학으로 손주 녀석들과 하루 종일 지내니 바이러스보다 더 무서운 건 손주 녀석들이다. 계속 "할머니 맛있는 거 없어?" "할머니 배고파" 하는 소리에 쉴 수가 없다.

"할머니 그렇게 하면 안 되지. 색칠은 내가 해줄게." 그림을 그리고 있는 내 옆에서 손주 녀석이 아는 척하며 훼방을 한다. 그래도 내가 좋아하는 음악을 들으며 손자와 그림을 그리고 있으면 행복하다.

일일시호일(日日是好日), 반복되는 일상이 어느 날 문득 다르게 느껴질 때 있는 그대로를 받아들이면 하루하루가 멋진 날이 된다.

물방울이 돌아다닌다

삽상한 바람과 함께 뒷산에 오르니 하늘빛이 심상치 않다. 비가 오려나, 대상포진을 앓고 난 뒤끝이라 영 몸이 시원치가 않다. 이상하게 나뭇잎들의 살랑거림이 흐리게 보인다. 내려오는 발걸음이 휘청거린다.

하루 일기

3월 26일

"네, 수술이요?"

"망막에 구멍이 나서 수술하지 않으면 실명됩니다."

'황반원공'이란 처음 듣는 병명이다. 황반변성은 노인들에게 흔히 있어 많이 들어 보았지만, 망막에 구멍이 났다는 것은 금

시초문이다. 직경 1cm 정도 되는 구멍의 초음파 사진을 보니 기가 막혔다.

"원인이 무엇일까요?"

"노화입니다."

할 말이 없다. 나는 어릴 때부터 눈이 아주 좋았다. 양쪽 모두 시력이 1.5로 지금까지 돋보기를 쓰지 않고 책을 읽었고, 어떤 의사들은 맑은 눈을 가졌다는 말을 했다. 가끔 신체 일부를 기증한다면 내 눈을 보내야지 하는 생각을 했는데, 가슴이 두근거리고 두려움이 밀려온다.

오전 10시에 병원에 가서 온갖 검사를 하고 점심도 못 먹고 오후 3시에 돌아오니 진이 빠져 눈뜰 힘도 없다.

3월 31일

드디어 내일 수술이다. 오후에 입원을 하고, 환자복을 입으니 괜히 얼굴이 핼쑥하다.

기도를 해보고 주님의 은총을 빌어보지만 두려움과 외로움은 떨칠 수가 없다.

코로나 때문에 간병인도 구할 수 없고 오롯이 혼자 보호자도 없이 수면제를 먹고 잤다.

4월 1일

오전 내내 연락이 오기만을 기다린다. 회사에 월차를 내고 아들이 병원으로 달려왔다.

아침기도를 올리고 내내 가슴을 졸이고 있는데 12시 수술실로 내려오라고 한다. 점심시간을 틈내 수술을 하시려나 보다. 교회 순 식구들과 성경 공부를 하는 자매님들. 남태령 문우들의 기도와 친정엄마의 걱정스런 말들이 머리를 스치면서 불안했던 마음이 조금 진정이 된다.

부분마취를 시작한다. 귀 뒤에 마취 주사를 한 방 맞고 눈 주위로 6방을 맞았다. 레지던트 의사 선생님이 계속 안위를 묻는다. 괜찮냐고. 수술 방법은 흰 눈동자에 구멍을 3개 내어 한쪽으로 물을 빼고 나머지 2개에 가스를 주입하여 구멍을 메운다고 한다. 주치의가 오시고 수술이 시작되었다. 마취를 했는데도 통증이 나를 찌른다. "아아" 소리를 내자 담당 의사가 '마취가 덜 되었나.' 하면서 계속 가스의 압을 체크하며 진행을 시킨다. 1시간 조금 넘게 시간이 흘렀다. 긴장한 탓인지 온몸이 후들거린다.

수술 후에는 회복하는 3주 동안 24시간 엎드려서 생활을 해야 한단다. 일주일을 세수와 샤워도 못 하고 꼼짝없이 엎어져 있어야 한다. 퉁퉁 부은 눈에 안대를 하고 가슴에 베개를 고이고 머리를 처박고 누웠다. 무슨 죄를 지었을까, 나는 전생에… 시각 장애인들의 고충을 새삼 다시 느껴본다. 온갖 생각들이 회오리치며 지나가다 슬그머니 잠이 들었다.

4월 5일

드디어 퇴원이다. 5박 6일 동안 절대안정을 하느라 식사도 제대로 못 했지만, 산목숨이라 어쩔 수 없이 혼자 고스란히 견뎠다. 고통이란 녀석은 누구한테 전가시킬 수가 없다. 내가 너무 아프니 집에 있는 남편은 걱정도 안 된다. 밥을 먹었는지 약을 먹었는지 묻지도 못했다. 그동안 숱한 고비고비를 넘겼지만 이런 고통은 처음이라 적응이 안 된다. 진통제와 수면제가 없었으면 견딜 수 없었을 것이다. 집에 오니 손주들이 안대를 낀 내 얼굴이 낯선지 무춤거린다.

치매 환자인 남편은 그동안 내가 없어 불안했던지 상태가 안 좋다. TV 리모컨을 들고 와 그동안 TV를 못 보았다고 한다. TV를 켜주고 그래도 내 침대에 누우니 안정이 된다.

아기 수유할 때 쓰는 쿠션을 머리에 대고 엎드리니 안성맞춤이다. 병원 시트가 풀이 세어 엎드려 부비다가 무릎까지 까졌다. 형벌도 이런 형벌이 없다.

일상은 계속 흘러가는데 시간은 천천히 간다. 하늘을 보고 편히 누워 자는 것이 그렇게 편한 일이었는지 그동안 한 번도 생각해보지 않았다. 얍삽한 인간은 이런저런 궁리로 머리를 뒤척이지만 그래도 귀로 찬양과 말씀을 들을 수 있으니 감사하다.

4월 13일

수술한 지 2주가 지났다. 정기점검을 하고 와서 처음으로 세수다운 세수를 하고 눈을 가리고 샤워도 했다. 다행히 잘 회복하고 있다고 하지만 왼쪽 눈은 아직 검은 물방울이 가리고 있다, 조금씩 소파에도 앉고 휴대폰으로 유튜브도 본다. 엎드려 생활하는 것도 요령이 생겨 이제 차츰 익숙해져 간다. 어찌해 볼 도리가 없을 때는 납작 엎드려 길 수밖에 없다. 나는 병 앞에 설설긴다. 모든 것 내려놓고 매달려 기도해보지만 그래도 여전히 약없이는 잠을 못 잔다. 검은 물방울은 점점 희미해지고 엷어져서 회색이 되었다.

4월 23일

다시 점검하러 병원에 갔다. 이제 구멍이 막혔다. 하지만 아직은 엎드려 있어야 가스가 빠진다고 한다. 많이 편해졌지만 여전히 한쪽 눈으로 생활한다. 외눈박이 물고기가 된 듯하다. 가끔 옆으로만 누워도 그렇게 편할 수가 없다. 밥도 고개를 숙이고 먹고 화장실 일도 한쪽 눈을 감고 숙이고 본다.

운동을 못 하니 체중이 불어서 다시 무릎이 아프다. 이제 한 군데만 아픈 것이 아니고 이곳저곳 아프다. 항생제와 진통제 이런저런 약을 계속 먹으니 위장도 탈이 났다. 거기에 정신도 탈이 났는지 우울감이 온몸을 휘젓는다. 어릴 때부터 잔병치레를 많이 해서 그동안 수술만 10번을 했다. 나쁜 기억들이 저 깊은 곳에서 움실대며 자꾸 올라온다. 후회와 회한이 가슴을 친다. 다음 생이 있다면 건장하고 튼튼한 몸으로 태어나고 싶다. 회색 물방울들이 반으로 줄었다.

"내 눈이 다시 한번 놀라운 것들을 보게 하소서"라고 기도를 한다.

5월 14일

이제 물방울이 훨씬 줄었다. 가끔은 작은 물방울로 나뉘어져 돌아다니기도 한다.

한 달이 지난 후부터 똑바로 바로 누워 지내고 있다 아직 책을 보거나 컴퓨터를 하기는 어렵지만 TV를 시청하기는 한다. 한 달여를 무위도식하며 지내다 보니 거의 무뇌아처럼 단순해져 간다.

아직은 산책도 못 나간다. 체중이 늘다 보니 무릎이 아프다.

미각만 살아서 자극적이고 맛있는 것만 찾아 먹게 된다. 음식조절을 하려고 해도 잘되지 않고, 보약이라고 홍삼에 건강보조제를 이것저것 먹게 되니 더욱더 그렇다. 단순하고 가볍게 살아야 한다고 하지만 잘되지 않는다. 지인들이 약을 보내 주기도 하고 몸에 좋다는 음식을 보내 준다. 그런데도 우울감은 빨리 호전되지 않고 지리멸렬한 기분은 나아지지 않는다. 보이는 세상은 즉물적이지만 보이지 않는 세상은 창의적이며 상상력을 자극한다. 매일 상상 속에서 오감을 자극하고 기분을 바꿔보려고 애를 써본다.

균형 있게 생각하고 움직이는 것이 큰 축복인지 몰랐었다. 오늘도 잠이 안 온다. 넷플릭스로 영화와 지나간 드라마를 보며 가상세계 속에서 헤맨다.

5월 31일

2달 만에 드디어 물방울들이 다 없어졌다. 온전히 왼쪽 눈으로 사물을 본다. 신기하다. 찌그러져 보이던 사물들이 형체를 갖추어 보인다.

그런데 책을 읽어보니 띄엄띄엄 글씨가 찌그러지고 보이지 않는다. 한 30분 읽었는데 피로해서 더 읽을 수가 없다. 슬그머니 겁이 난다. 유일한 친구인 책을 읽을 수 없다면 어찌 살아갈까. 조금씩 산책을 나가 보니 계단을 내려가는 일이 무섭다. 선이 분명하게 보이지 않아 넘어질까 겁난다. 평지를 조심조심 걷다 보니 마치 어린아이가 된 듯하다. 이렇게 퇴행을 시작해서 움직이지 못하면, 침대에서 죽음을 맞이한다면 얼마나 불행할까. 2달 사이에 빠진 근육들이 눈에 보인다.

이번 일을 겪으며 많은 생각들이 스쳐 지나갔다. 과연 어떻게 죽음을 맞이해야 잘하는 것일까, 아직은 하지 못한 일들과 돌보아야 하는 사람들이 있으니 죽기는 어렵겠다. 죽음 직전까지 자신을 몰아가지만 서럽고 미안하고 후회하는 일들만 스쳐 간다. 부모님한테 더 살갑게 할 걸, 자식들한테도 남편한테도 그동안 나만 희생했다고 한탄만 했다. 다 소용없음을 알지만 그래도 입으로 마음으로 죄를 많이 지었다. 치매 걸린 남편은 가끔 내가 눈 수술한 것을 잊어버리고 위로는커녕, 엉뚱한 말로 나를 뒤집어 놓는다. 정말 본인 자신은 편한 병이다.

망팔(望八)이 되어 친구의 죽음으로 화장장에 다녀온 날 쓴 김훈 선생의 글을 읽으며 다시 한번 삶의 무거움과 죽음의 가벼움에 대해 생각한다.

6월. 올해의 반이 지나가고 있다. 꽃구경도 제대로 못 하고 봄날은 지나갔고, 화사한 원피스를 사놓고 입어보지도 못하고 초여름이 왔다.

2

하얀, 향기

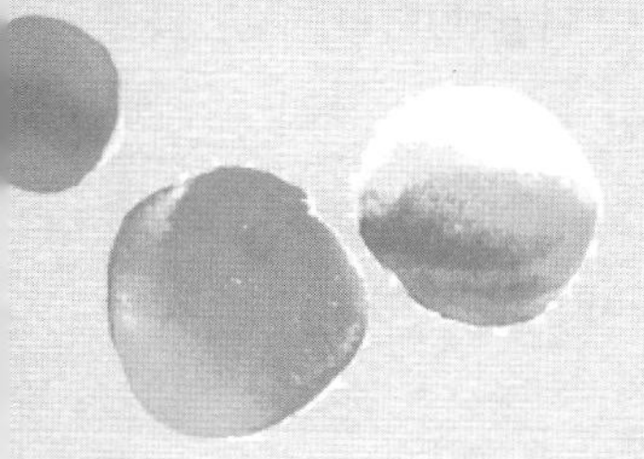

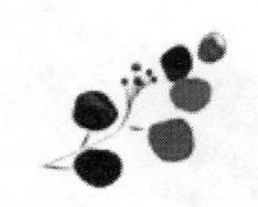

나무들은
상처를 숨기는 법을 알고 있다고 한다.
잘린 나뭇가지의 흔적은 가을이면 보이지 않게 되고
10년 20년이 지나면 그 부분이 잘린 부분인지도 모른다고 한다.
이제는 무성하게 잎을 키워
상처를 숨기고 나무들처럼 꿋꿋하게 사는 나이가 되었건만
아직도 내 마음의 상처는 가끔씩 나를 아프게 한다.
다시 그 시절로 돌아갈 수 있다면,
푸른 꿈과 스스로의 선택과 문학에 관해 이야기하며
진지했던 20대로 돌아갈 수 있다면
다시 청춘을 만끽하고 싶다.

-본문 중에서

봄 향기를 마시다

간밤에 느닷없이 내린 날비 덕분에 언 땅의 씨앗이 깨어났다. 연둣빛 보드라운 속살을 드러낸 풀씨가 대견하다. 코끝을 간질이는 미세한 향기가 잠자는 나의 감성을 건드린다.

지난겨울은 참 어둡고 힘들어서 끝이 보이지 않는 터널을 터덕거리고 걷는 심정이었다. 남편의 수술과 손주들의 뒤치다꺼리, 그리고 98세를 누리다 가신 시아버님의 장례까지…. 다행히 형제들과 불화 없이 49재를 치르고 무사히 보내드렸고, 딸아이 공부도 끝나서 학위를 받았다.

여전히 말썽을 부리는 다섯 살 된 손주녀석은 나를 괴롭히지만 그래도 간혹 웃음을 선사한다. "할머니 모르는 거 있으면 네이버에 물어봐." "유튜브 보여줘. 재미있는 거." 끊임없이 조잘대는 녀석의 주문에 정신이 없지만 그래도 시간이 훌쩍훌쩍 지나간다. 남편은 75세지만 5살 손주 녀석과 비슷하다. 옷도 챙겨서 입혀줘야 하고 목욕도 혼자 못한다. 물론 집도 찾아오지 못한다. 유치원에 다니는 녀석과 노치원(주간보호센터)에 다니는 남편은 나를 사이에 두고 사랑싸움을 한다.

"할머니, 가지 말고 내 곁에 있어."

"할아버지는 주지 마."

"할아버지 버려."

중간중간 녀석을 떼어놓고 할아버지를 돌보는 나를 챙기는 녀석은 할아버지를 경쟁 상대로 여기며 경계를 한다.

일상은 무심히 강물처럼 흐른다. 힘들어도 버거워도 행복하지 않아도 그래도 하루 일과는 또다시 반복되고 반복된다. 지난 여름부터 딸의 공부로 살림을 합쳐서 생활하고 있는데 때로 불편해도 참는다. 나만의 공간이 사라지고 책 읽을 시간이 없고 늘 부탁만 하는 딸을 보며 갑갑할 때가 많다. "내 일어사전 어디 있지?" "당신 내 샤프 못 봤나?" 남편은 끊임없이 나에게 물어보고 나를 닦달한다. "엄마, 나 오늘 회사에 일이 있어 좀 늦을 거야. 아이들 좀 부탁해."

어느 날 지눌 선사의 법명 이야기를 쓴 글을 읽고 많은 공감이 가서 고개를 끄덕였다. 知訥의 눌(訥)은 파자해 보면 말씀 '言'변에 '內'자를 합친 글자인데 말이 입속에 갇혀 있는 형상이다. 말이 목구멍에 갇히어 입 밖으로 나오지 못하는 형상이다. 그 글을 읽고 나 역시 할 말이 있어도 말을 가두고 꿀꺽 삼키곤 한다. 지눌 선사같이 큰 깨달음이 있어서 그런 것은 아니고, 말해 보았자 도돌이표인 남편의 행동이고, 자식들에게 불평해 보았자 개선될 것 같지 않아서다.

노년이 되면 사람들은 점점 말이 많아진다. 마이크를 잡으면 놓을 생각을 안 하고 한 말을 계속하고 있는 명사들을 가끔 보는데, 아마 외로워서 그러는 것 같아 지루해도 귀 기울여준다. 그래서 나는 지눌 선사를 좋아하게 되었다.

남편 덕분에 뇌에 대한 공부를 하고 있다. 뇌의 구조와 기능, 역할과 영역 등 그리고 각 부분이 고장 났을 때 일어나는 현상 등을 자세히 보고 있다. 뇌는 대뇌 소뇌 뇌간으로 구성되고, 소뇌를 제외하고 3층으로 생각할 수 있다. 1층 뇌간은 생명 활동, 2층 가장자리 뇌는 감정 활동, 3층 대뇌피질은 이성적 사고 활동을 하고 있다. 그래서 뇌사상태는 대뇌와 뇌간이 모두 손상된 상태고 식물인간은 뇌간은 살아 있는데 대뇌가 기능을 못 하는 상태라고 한다. 남편의 상태는 수두증으로 뇌압이 높고 뇌척수액을 뽑아 검사를 해보니 아밀로이드가 쌓여 치매가 진행되고 있다. 얼굴 관리하듯 뇌도 관리하여 뇌 미인을 만들어야 한다고 주치의 선생님은 말한다.

진인사대천명(盡人事待天命)을 기억하고 진땀 나게 운동하고 인정사정없이 담배를 끊고, 사회활동과 긍정적 사고를 많이 하고 대뇌 활동을 적극적으로 하고 천박하게 술 마시지 말고 명을 연장하는 식사를 하면서, 삼고(고혈압 고혈당 고지혈증)을 조절하라고 한다. 이런 모든 것들을 굳게 믿고 따를 때 효과가 나겠지만 나는 회의적이다.

소비지상주의는 우리에게 행복해지려면 가능한 많은 재화와 용역을 소비해야 한다고 말한다. 낭만주의는 우리에게 인간으로서 잠재력을 최대한 활용하려면 다양한 경험을 해야 한다고 속삭인다.

신은 자신에게 모든 것을 맡기고 따르면 행복해진다고 외친다. 소비를 해봐도 여행을 해도 교회에 가서 "주여! 주여!" 외쳐도 행복하지 않을 때가 많고 절망감에 흔들리는 인생이다. 날비처럼 느닷없이 재난을 당하고 고통으로 당장 죽을 것같이 괴로워하다가도 우리는 연둣빛 풀씨 하나를 보며 미소 짓는다.

2층 가장자리 뇌의 감정 체계가 움직여 또다시 힘을 내고 일어선다.

> 산속에서 신록이 수줍어하며 웃는 소리를 듣네.
> 봄이 돌아오니 어디에나 산맥이 일어서네 (중략)

사람들은 뭐든 새로이 하려 드네.

– 문태준 〈다시 봄이 돌아오니〉

시를 읊조리며 오늘도 땀나게 걷는다.

거리에 봄 향기가 가득하다.

행복한 공간

인생은 행복과 불행이 반반으로 구성되어 있다고 한다. 그런데 힘들 때가 더 많은 것 같다. 그래서 인생에 대해서 설명하는 다양한 정의들이 있지만, 우리는 각자 살아온 경험대로 느끼며 살아간다.

96세 된 시아버님을 요양원에서 뵙고 돌아오는 길은 언제나 아득하다. 매번 반복되는 이야기에 대꾸해 주고, 빵과 바나나 등 먹을 것만 보면 부잡스럽게 잡숫는 모습이 딱하면서도 민망하다. 남편은 늘 좋은 마음으로 갔다가 아버지의 그런 모습이 보기 싫어 화를 낸다. 아직도 생에 집착을 보이는 아버님의 퀭한 눈빛이 슬프고 끝날 것 같지 않은 지루한 영화를 보는 기분이다.

가난한 콜롬비아 출신의 화가 페르난도 보테르는 일상적인 형태와 관념을 초월해 마음껏 비율을 변형하고 특유의 유머 감각을 화사한 색채 속에 표현하는 화가다. 그는 자신만의 독특한 해석과 시선이 담긴 고전의 패러디 연작을 많이 그린다. 그의 작품을 보고 있으면 슬며시 입가에 미소를 머금게 된다. 나는 특히 〈발레리나〉라는 작품을 좋아해서 자주 본다. 그림 속 여인의 무표정한 표정이 처음에는 이해가 되지 않았지만, 자세히 들여다보고 있으면 뚱뚱한 다리로 서서 포즈를 취하고 있는 그녀의 마음이 느껴진다. 아마 어릴 적 이루지 못한 나의 꿈이 무용가여서 더욱 그런 것 같다. 나는 우울할 때 그의 그림을 꺼내본다. 그리고 그의 마음을 본다. 세상의 온갖 폄하된 비평에도 꿋꿋하게 자기의 길을 걸어가는 거장의 모습을 본다.

하루하루 건망증이 심해지는 남편이 이상해서 병원에 가서 MRI를 찍어보니 머리에 물이 차서 그러는데 치매 초기증상과 비슷하다고 한다. 그렇게 명철하던 양반이 자꾸 물건들을 잊어버리니까, 점점 자신감이 저하되더니 우울증이 살짝 왔다. 매일 아침마다 자동차 열쇠, 지갑, 심지어는 틀니까지 잊어버리고 나가다 다시 돌아와 찾았다. 약을 먹고 있지만 좋은 치료 방법이 없다고 하니, 이 상태라도 유지하길 바랄 뿐이다. 대부분의 삶은 이렇게 병들고 외롭고 고통스럽다. 그래서 힘든 현실을 잘 견뎌 낼 수 있는 긍정의 힘이 필요한 것 같다.

빅터 프랑클 박사는 ≪죽음의 수용소에서≫라는 책에서 '자극과 반응' 사이에는 공간이 있다고 했다. 그 공간이 얼마나 깊고 넓은가에 따라 우리가 자유롭게 살 수 있는 것이 결정된다고 한다. 그는 로고테라피 이론을 세웠으며, 성장된 인생을 살기 위해서는 이 인격의 공간을 깊고 넓게 만들어야 한다고 한다. 이 공간을 행복한 공간으로 만들기 위해 좋은 친구들을 만나고 음악을 듣고 그림을 보고 여행을 간다고 한다. 자신의 삶에 의미를 찾고 꿈, 희망을 통해 우리는 고난을 극복할 수 있으며, 현실을 이겨낼 수 있다.

예전의 나는 자극을 받으면 금방 반응하는 부류였다. 그렇게 발끈하는 나에게 남편이 자주 하는 말이 "당신 괜찮아?"였다. 기분이 나쁘면 그 감정이 그대로 얼굴에 나타나서 포커페이스를 구사하는 부류의 인간들이 신기했다. 어떻게 저렇게 반응할 수 있는지 궁금했다. 그런데 반백 년을 넘어 살다 보니 인내도 배우고 차츰차츰 나 역시 가면을 쓰는 방법을 알게 되었다. 매주 월요일 요양원으로 아버지를 만나러 가는 남편에게 나는 이렇게 말한다. "여보, 더 이상 나빠지지 않고 이만큼만 하고 살아도 괜찮지, 아버지 보고 화내지 말아요. 모르는 노인들을 위해 봉사도 하면서 이제 얼마나 사시겠어요." 하면 고개를 끄덕이며 알았다고 하면서도 병원에 가서는 똑같은 장면이 반복된다.

우리가 삶에 지쳐 힘들 때, 내 주변에 아무도 남아있지 않다고 느낄 때 나는 영화 ≪바그다드 카페≫의 주제가 〈콜링 유〉를 들으며 〈발레리나〉를 본다. 인생이라는 사막에서 어떻게 살아야 할지 막막하지만, 대부분은 평범하고 단순하게 서로 다른 방법으로 반응하며 상처를 치유하며 살아간다. 인생의 진정한 행복을 찾아가는 아름다운 그 영화를 생각하며 인연과 사랑, 우정 그리고 음악과 그림을 보면서 행복을 찾아본다.

마음은 무쇠가 아니다

"당장 수술하지 않으면 실명합니다."

의사 선생님의 말이 저 멀리서 앵앵거리는 모깃소리처럼 들렸다. 신경이 거슬렸다. 잠시 멍해지며 아무 생각도 나지 않았다. '황반원공'이란 듣도 보지도 못한 병명 앞에 나는 무너져 버렸다.

수술 후 꼬박 2주는 엎드려 생활해야 했다. 퉁퉁 부은 눈으로 엎드려서 밥을 먹고 화장실에서도 고개를 숙이고 볼일을 보았다. 망막의 구멍은 잘 메워졌는데 가스가 빠지려면 두 달이 걸린다고 한다. 한 달쯤 지나니 차츰 적응이 되어 침대 옆 의자에 앉아 운동도 하고 유튜브도 본다.

올해 초부터 작은 수술을 하고 부작용으로 고생을 하다 대상포진에 걸려서 고생했는데 눈 수술까지 하고 나니 난 누구에게

인지 모르는 분노가 치밀었다. 억눌린 분노는 몸을 병들게 한다. 마음을 아프게 하는 감정 중 하나가 슬픔과 상실감이다. 이제 왼쪽 눈은 포기하고 한쪽으로만 세상을 살아야 한다는 두려움에 빠져 아무것도 할 수 없었다.

눈을 감고 엎드려 있는 동안 지나온 세월들이 파노라마처럼 흘러가며 나 자신의 존재까지도 부정하게 되고 한없는 외로움에 잠들 수가 없다. 마음은 무쇠가 아니다. 너덜거리는 나 자신이 아파 자꾸 눈물이 나온다.

물체가 찌그러져 보이던 것은 사라졌는데 아직 가끔 글자가 깨져 보인다. 이제 좋아하던 책도 읽기가 힘들 것 같다. 누워서 테트리스 게임을 하거나 음악도 클래식보다 트로트나 힙합을 듣는다. 알아들을 수 없는 랩의 의미 없이 들리던 단어에 안정감을 느낀다. 왼쪽 눈으로 세상을 보니 흐릿하다.

교회 순식구들의 기도와 성경공부반원들의 위로도 잠시 그때뿐, 알 수 없는 분노의 대상은 생각해 보니 하나님이다. 모든 것을 돌봐주시는 은혜로우신 아버지라고 믿었는데 계속 시련을 주시는 그분이 원망스럽다. 시련을 통해 연단이 되고 감당할 수 있는 시련만 주신다고 하는데 버겁다. 구순이 넘으신 친정어머니는 70세 난 딸의 잔병치레에 애간장을 녹이신다.

되돌아보니 과연 살아가면서 재미있고 즐겁고 의욕이 넘치던 그런 시절이 있었나 싶다.

도쿄 올림픽이 끝나고 이어서 패럴림픽이 펼쳐졌다. 비록 41위에 그쳤지만, 최선을 다해 싸우는 그들의 모습에서 나의 눈 한쪽은 아무것도 아니었다. 우리는 언제든지 장애인이 될 수 있다. 늘 사고는 어디에서나 도사리고 있다가 닥친다. 불안과 두려움은 정신을 갉아먹는다.

마음의 결정에 따라 현실이 부정되기도 하고 자신에게 유리한 쪽으로 결정하기도 한다. 행복을 느끼는 것도 나 자신이고 슬픔이나 패배감을 느끼는 것도 자신이다.

"오늘 당신의 상태는 맑음입니까? 흐림입니까?" 흐린 날은 흐려서 좋고 맑은 날은 맑아서 좋다고 감사하는 마음으로 세상을 보면 무쇠 같은 마음으로 담금질할 수 있겠지, 오늘도 하늘을 올려다보며 깊은 한숨을 내쉬며 가슴을 쓸어안는다.

무심한 당신이여

새벽입니다.

기도를 마치고 책장 앞에 놓여 있는 십자가를 보며 다짐을 합니다. '오늘도 무사히 웃으며 지내보자.'라고, 아침마다 늘 당신은 늦잠 자는 나를 배려해 조용히 밥을 챙겨 먹고 공부하러 도서관에 가던 사람이었지요.

그런 당신이 뇌수두증을 앓으며 자꾸 실수를 하고 점점 기억력이 떨어지자 우울해하였습니다. 그래도 차차 좋아지겠지 했는데, 어느 날 집을 못 찾아오는 당신을 보며 가슴이 덜컥 내려앉았지요. 검사 결과 알츠하이머도 같이 진행하고 있다는 말을 듣고 일상생활이 어려운 당신을 어찌해야 할지 걱정스러웠지요. 그래도 아직은 아닌데 하면서 부정했지만, 막상 치매 판정을 받으니 갑갑하고 참담했습니다. 시아버님도 치매로 10년째 요양원에 계시다 98세에 돌아가셨는데 어찌 당신마저 이런 일이….

방향감각을 잃어버려 화장실을 못 찾아 실수를 하고, 시간 감각이 없어 계속 주말이냐고 묻는 4살짜리 손주같이 일일이 돌봐야 되는 지경에 이르니 정말 가슴이 아픕니다. 다행히 데이케어센터에서 아침 9시부터 오후 5시까지 돌봐주니 고맙고 감사할 따름입니다.

영민하고 정확했던 당신이, 그 어려운 공부를 다 하고 학생들을 가르치던 사람이 이제는 좋아하는 책도 안 보고 텔레비전 야구 중계나 다큐멘터리 영상을 멍하니 보고 있으니 가슴이 먹먹합니다.

요번에 이사를 하며 당신의 전공 서적과 당신의 물건들을 정리하면서 마음이 많이 아팠습니다. 고물상을 불러 폐지로 실려나가는 책더미들에 살점 한쪽이 떨어져 나가는 듯 쓰라렸습니다.

"여보 기억나세요? 사월의 노래, 당신이 나를 처음 만났을 때 불러주던 그 노래요." 남편은 빙긋이 웃으며 "그럼 생각나지 불러줄까?" 하며 노래를 부르기 시작합니다. '목련꽃 그늘 아래서 베르테르의 편질 읽노라. 구름 꽃 피는 언덕에….' 그러나 두 소절을 못 부르고 목소리가 잦아듭니다. 가사가 생각나지 않아서 우물거리는 당신을 보니 눈물이 주르르 흐릅니다.

출장 때 항상 선물을 챙겨 오던 당신, 힘든 일이 있을 때마다 안아주던 당신, 삶이 버거울 때 조용히 어깨를 내어주던 당신과 그렇게 결혼생활이 40년 흘렀는데 이제는 제가 당신을 붙잡고 나아가야 할 때가 되었네요. 잠들어 있는 당신 얼굴을 쓰다듬어 봅니다. 아기같이 새근거리고 자는 당신은 좋은 꿈을 꾸는지 빙그레 웃기도 합니다.

어느 부부가 살면서 굽이굽이 사연이 없겠어요. 하지만 내게 이런 일이 닥칠 줄 누가 알았을까요. 부부는 삼천 겁의 인연으로 맺어진다고 하지만 심하게 다투고 마음을 독하게 먹고 당신과 인연의 줄을 놓아 버리려고 했을 때 유머로 나를 웃게 해주던 당신이었지요. 그래도 늙으면 내가 다 해주겠다고 큰소리치던 당신이 그립네요. 어제는 케어센터에서 만들었다며 내가 좋아하는 소국 꽃다발을 들고 왔지요. 힘든 가운데도 이렇게 소소한 행복도 주시네요.

이제 가을이 완연합니다. 시원한 바람이 내 시름을 하늘로 날려 보내 주면 좋겠습니다. 나 자신 마음을 다잡고 당신 마음이 쓸쓸하지 않도록 노력해야겠지요.

'당신 아니면 무엇으로 괴롭고 무슨 낙이 있을까요.' 상처를 딛고 일상을 회복하는 모든 부부는 위대하다고 누군가가 말했지요. 다정다감한 당신이 무심한 당신으로 바뀌었지만 이제는 헤아리고 또 헤아려 괜찮은 사람이었다고 기억되면 좋겠습니다.

손주들 노는 모습을 보며 환하게 웃는 당신을 보며 “여보 더 나빠지지 말고 더 이상 낡아 남루해지지 말고 지금 이대로만 있어줘요.” 하고 기도합니다.

해가 집니다. 황혼이 아름답습니다. 당신이 편안하고 평온하길 기원합니다.

그 망할 놈의 기억들

"오늘 며칠이지요?"

"2월 4일."

"몇 년도지?"

"2011년."

오늘은 2022년 3월 1일이다.

시 공간을 잃어버리고 안개 속에서 살고 있는 남편은 나에게는 광야다. 8년 전부터 앓고 있는 알츠하이머병은 그를 어린아이로 만들어버렸다. 옷도 혼자 못 입고 목욕도 혼자 못한다. 언제나 모든 것을 챙겨주어야 약도 음식도 먹을 수 있다.

현관문 비밀번호를 잊어버려 어느 날은 1시간을 넘게 서성거리다 들어오기도 한다. 돌아오는 시간에는 누군가 집에서 문을 열어주어야 한다. 집안에서도 자기 방을 못 찾고 왔다 갔다 한다. 같이 외출을 할 때는 화장실을 찾지 못해 실수를 할까 봐 신경을 써야 하고, 늘 어디로 갈까 봐 한눈을 팔 수도 없다. 그런데도 예전 기억 속에 남아있는 영어 단어도 잘 알고, 한자도 척척 읽는 것을 보면 신기해서 그 머릿속을 한번 열어보고 싶다.

낙타가 사막을 건너는 법을 배워본다. 눈 귀 코도 닫을 수 있고 충분한 식량과 물을 등에 짊어지고 모래땅을 걸어 다니기에 알맞은 긴 다리와 발가락을 가지고 있다. 3일 동안 물을 마시지 않아도 별 지장이 없다. 또 긴 속눈썹은 모래바람을 막아주는데 커튼 같은 역할을 한다니 얼마나 신기한지. 아무래도 나는 낙타를 닮아야 이 광야를 건널 수 있을 것 같다. 그래도 다행인 것은 데이케어센터에서 아침 9시부터 오후 5시까지 돌봐주는 것이다. 남편을 출근시키고 부지런히 집안일을 하고 내가 좋아하는 일을 한다. 책을 읽거나 음악을 들으며 영화를 보기도 한다. 이런 일들을 하는 것이 나에게는 낙타처럼 비상식량을 저축하는 것처럼 힘을 준다.

그런데 어느 날 보케토라는 말이 나에게 다가왔다. 그 단어는 무심히 읽었는데 그대로 내 가슴에 와서 꽂혔다. 아무 생각 없이 그냥 먼 곳을 바라본다는 것이 나에게는 얼마나 어려운 일인지. 조금만 방심하면 생각이라는 놈은 사탄처럼 나를 사로잡는다. 떨쳐버리려고 해도 발목을 잡고 놓아주지 않는다. 그렇다고 뾰족한 해법을 찾을 수도 없는데 나는 불안감과 두려움에 세상을 건너는 법을 자꾸 찾으려고 애쓴다. 보케토(boketto)라는 말은 일본어로 아무것도 생각하지 않는 것, 즉 무념무상으로 먼 곳을 바라보기로 무념의 행위를 말한다. 우리네 살림살이는 무엇이 그리도 복잡한지 한 치 앞도 알 수 없는 안개 속에서 헤매는 모습처럼 허둥거린다. 목적지 없이 아무것도 생각하지 않고 그냥 마냥 걷는 것을 24시간 중 한두 시간은 하고 싶다. 하지만 늘 쫓기고 많은 생각들로 부산하다.

"여보 이 나물 새로 무쳤으니 잡숴보세요." "계란은 하루 한 알은 먹어야지요." 아프고 나서부터 식성까지 바뀐 남편은 좋아하던 김치도 나물도 잘 먹지 않는다. 어느 날부터 눈앞에 보이는 한 가지만 먹고 식사량도 반으로 줄었다. 늘 새로운 것을 해주려고 하지만 쉬운 일이 아니다. 환자를 돌보는 일은 그 사람의 수준에 맞춰 자세를 낮추고 환자가 편할 수 있게 해주는 것이다. '헤아림'이라는 치매 알기 프로그램에서 공부도 했지만 쉽지가 않다. 해맑게 딴소리를 하고 어떤 날은 이치에 맞지도 않은 말로 계속 이야기를 할 때는 감당할 수가 없다. 속이 터져 아무리 아니라고 말해봐야 통하지도 않고 억지를 쓸 때는 나도 모르게 언성을 높이거나, 짜증이 나기도 한다. 특히 내가 몸이 많이 아픈데도 괴롭힐 때는 어이가 없다. 그럴 때는 낙타처럼 귀 닫고 눈 닫고 입도 닫는다. 이 싸움은 언제까지 해야 할까, 광야를 지나면 희망의 나라는 도착할 수 있을까, 외로움과 두려움에 떨다가도 그래도 이만한 것이 얼마나 다행인지 감사를 드리며 한숨을 돌린다.

남편도 자신의 머릿속에서 뒤엉켜 있는 기억들 속에서 이리저리 방황하는 것이 생경한지 자주 나에게 말한다. “여보 내 머릿속이 안갯속 같어, 아무것도 생각나지 않고 뿌연 회색빛이야 언제까지 이렇게 살아야 할까.” 퀭한 눈빛으로 말하는 그에게 측은지심이 든다.

남편이야말로 보케토를 실천하는 사람 같다. 자신은 크게 불편하지 않고 무념 무상하며 먼 곳을 바라보고 있는 것 같으니 말이다.

오늘도 낙타처럼 큰 혹을 등에 메고 묵묵히 광야를 건너고 있다. 모래바람이 불어도 50도가 넘는 열대야 속에서도 나는 보케토를 외치며 걸어야 한다.

글라스 웬

남편은 치매 5등급으로 8년째 앓고 있다. 다행히 데이케어센터에서 돌봐주고 있어 한결 숨통이 트인다. 시공간 능력이 현저하게 떨어지고 망상에 사로잡혀 이상한 이야기를 터무니없이 해대는 남편을 상대하는 일은 어렵고 버겁다. 8살 손자보다 더 손이 가고 보살피기가 힘들다. 주치의는 망상이 아니고 기억체계가 헝클어져서 뒤죽박죽이 되어 그렇다고 한다.

어떤 날은 1m 되는 고무줄이 필요하니 막무가내로 달랜다. 무엇에 필요하냐고 물으니 전선 줄을 매어야 한단다. 전선 줄을 왜 매냐고 물으니 우리 집으로 들어오는 전선이 끊어졌다고 한다. 아니라고 하면 계속 자기 말을 들어주지 않는다고 그림을 그려가며 설명한다. 어이가 없기도 하고 짜증이 나고, 그의 눈높이에 맞춰 이해하려고 노력해 보려니 썩소가 나오는 날이다.

또 어느 날은 실제로 데이케어센터에서 90세 난 할아버지를 밀쳐서 사고를 쳤다. 치료비를 물어주고 수습하느라 애썼다. 왜 그랬냐고 물으니 그 할아버지가 자기 앞에서 쓰러졌다고 한다. 다행히 크게 다치지 않아서 별 탈 없이 지나갔다. 매일 매일 에피소드를 하나씩 차곡차곡 쌓아 가지만 남편은 기억이 없다.

올 1월 정기검사하러 병원에 갔더니 담당 교수님께서 그래도 치매약이 개발 중이니 3년 정도만 참고 살아보라고 한다. 그러면서 신약이 개발되었는데 한 달에 한 번씩 맞는 주사약이라고 한다. 12번 주사약값이 3천만 원이라고 한다. 솔깃한 마음에 자식들과 의논해보니 모두 반대한다. 아직 언론에 발표된 적도 없고 개발 중인 약은 실험 쥐가 되는 거라며 반대한다. 나는 썩소를 지을 수밖에 없었다. 그러다 한편으로는 섭섭한 마음이 든다. 자식들이 아버지의 고충을 몰라주는 것 같아서다.

이사 일정이 잡혀 분주히 정리를 하고 있는데, 퇴원하여 집에 들어서며 아직 이사를 안 갔느냐고 조심스레 묻는다. “아직 20일이 남았어요.” 하니 자기를 놔두고 갔을까 봐 걱정을 하며 왔다고 한다.

오늘은 왜 만나기로 하고서는 안 나왔느냐고 다구친다. 하루 종일 기다렸다고 한다. 약속한 적이 없고, 아니라고 해도 맞다고 우기기 시작하면 도리가 없다. ‘어쩌라구’ 하며 웃을 수밖에,

웃을 수 있을 때는 웃어야 하고, 그때는 그럴 수밖에 없었다고 할 수밖에, 그저 물 흐르듯이 사는 수밖에. 이 모든 것이 한바탕 꿈이었으면 좋겠다고 생각하기도 한다.

남편은 어느 날은 멀쩡하게 꽃다발을 들고 와 나를 기쁘게 해준다. 케어센터에서 원예 수업을 통해 만든 꽃다발이란다. 환한 웃음으로 나를 보는 남편이 천진스런 아이 같다.

웨일스어로 글라스웬(glas wen)이라는 말은 우리말로 빈정대고 조롱하는 비웃음을 일컫는 단어로 '썩소' 가득한 분위기를 뜻한다.

그래도 감사하며 하루하루 푸른 미소를 띠며 살아간다. 글라스웬, 글라스웬이라고 입속으로 되뇌어본다.

모란꽃과 활옷

초대장이 눈부시고 화사하다.

결혼(結婚), 가슴 설레는 좋은 날,

혼인대례(婚姻大禮)를 준비하며

연지곤지, 청사초롱, 화촉을 밝히기 위해

가정의 출발을 축원하고 나쁜 운을 물리치려는 기원을 담아

단아한 마음으로 혼서지보, 함띠, 기러기보에 수를 놓습니다.

청홍색, 채단을 동심결로 묶으며 마음을 하나로 만듭니다.

이번 전시의 주제는 결혼이다. 그녀는 20년 넘게 바느질을 해 온 친구다. 특히 자수와 보자기에 능하여 꾸준히 작품을 만든다.

그녀는 시어른을 병간호하면서도 바느질을 손에서 놓지 않고

마음을 달랬다. 나도 퀼트로 여러 작품을 해보았지만, 바느질은 묘한 기운이 있다. 특히 동양자수는 더 그런 것 같다. 밤을 새워 길쌈을 하고 바느질로 시름을 달래던 옛 여인들의 노고와 솜씨들을 되새기며 한 땀 한 땀 수를 놓다 보면 어느새 수틀에 꽃 한 송이가 피어나고 새와 나비가 노닌다. 눈 앞에 펼쳐지는 수실들의 향연과 섬세한 작업은 고단함과 시름을 잊게 하는 힘이 있다.

인사동 경인미술관에 가끔 들러 전시작품들을 보고 있으면 우리 여인네들의 솜씨에 감탄하게 된다. 팔순에 개인 서예전을 하시는 분, 유화와 수채화로 자신의 꿈을 펼치신 분들이 새삼 존경스럽다. 얼마 전 문우이자 후배인 친구는 은방울꽃을 테마로 퀼트 작품을 만들어 세상을 아름답게 장식했다. 그동안 삶의 흔적들을 새벽에 일어나 한 땀씩 메워 작품을 만들었다는 후배의 열정과 순정에 박수를 보내며 아름다운 삶에 대해 다시 한번 찬사를 보낸다.

무엇인가를 열심히 하다 보면 결과물은 따라오지만, 목표한 대로 나오지 못했다고 해도 우리는 실망할 필요는 없다. 반평생을 넘게 살다 보니 인생은 저절로 깨우쳐지는 것들이 있다. 젊었을 때는 결과가 중요했지만, 이제는 하는 과정에서 즐거움을 느끼고 애정을 바쳤다면, 그것으로 족하다 싶다.

전시된 작품들을 보니 불현듯 친정집에 있는 활옷이 생각났다. 40년 전 친정어머니는 아들 결혼식 때 입히겠다고 그 옷을 유명 자수가에게서 당시 작은집 한 채 값인, 300만 원이라는 거금을 주고 샀다. 어머니는 활옷을 사가지고 와서 마치 세상을 다 가진 듯 흐뭇해했다.

우리가 구경 좀 하자고 해도 부정 탄다고 잘 보여주지 않았다. 그 덕분이었을까 동생은 어머니가 바라던 대로 사법고시에 붙었고 판사가 되었다. 그러나 어머니가 기대하던 고관대작 댁의 신붓감은 아니었고, 반대를 해도 막무가내인 아들 앞에서 무너질 수밖에 없었다. 혼인날 활옷의 모란꽃이 무참해 보였다. 한동안 나는 어머니의 실망과 분노를 온몸으로 받을 수밖에 없었다. 맏딸인 내가 연애 결혼을 해서 부모 속을 태우더니 남동생마저도 기대에 못 미치는 신붓감을 데려왔다고 원망을 하곤 했다.

결혼생활은 가슴 설레며 시작하지만, 삶의 굽이 굽이를 지나 질곡의 시간들을 지나다 보면 단아하게 동심결 매듭으로 묶었던 마음들이 느슨해지고 풀어진다. 그때 푸른 씨앗 하나 가슴에 품고 일상과 싸우다 보면, 스르르 마음에 맺힌 한도 풀리고 자식과 남편 위해 희생하며 고생했던 일도 언제 그랬나 하고 웃으며 말한다. 눈물도 메말라 뻣뻣한 눈을 비비면서도 다시 일어난다.

우리 여인들은 그랬다. 요즈음 자유 평등 부르짖지만, 여인의 부덕을 품고 살았던 우리네들은 바느질에 시름을 잊고 가사와 양육이 힘들어도 밤새 수틀 앞에서 모란을 수놓으며 부귀와 영화를 꿈꾸었다. 이제 구순이 넘으신 어머니는 활옷을 펼쳐놓고 대대손손 이 옷을 입고 며느리들이 정씨가문을 빛낼 자손들을 키워내고 영화롭게 살아가길 소원하던 그 꿈을 회상하신다.

어머니는 어느 날 문득 깨달으셨다. 그 모든 것이 한여름 밤의 꿈이었다는 것을…. 어머니는 나를 불러 이 옷을 기증하겠다고 하셨다. 잘 간수하지 못하면 삭아질 것이니 전문적인 기관이나 박물관에 맡기면 좋겠다고 하셨다.

활옷과 족두리 꽃고무신 이것저것을 챙기는 늙은 어머니의 손길이 이제는 평온하다. 다시 보니 모란꽃이 활짝 피어서 축복을 하는 듯 웃고 있다.

푸른 표정들

1. 더 사랑할 수 없을까

겨울비가 내리는 오후다. 어두운 하늘을 내다보며 창밖의 빗소리에 귀를 기울인다. 흐르는 빗물 사이로 그녀가 보인다. 오늘은 하루 종일 나를 따라다닌다.

그녀를 처음 만난 것은 10년 전이다. 총명한 외모에 내가 좋아하는 미술을 전공했고 책을 좋아한다는 그녀를 만나고 나는 단박에 그녀에게 빠졌다. 나는 선배들도 좋아하지만, 후배들이나 젊은 사람들하고 어울리는 것을 더 좋아한다.

그녀가 내 딸아이보다 더 어렸지만 친구처럼 만나면 반갑고, 안 보이면 궁금해지는 사이였다. 한동안 그녀와 같은 이름이 적힌 간판만 보아도 가슴이 아리곤 했다.

33년. 그렇게 짧은 생을 살다 가려고 힘들게 공부하고 애를 썼는지, 그녀로 인해 우울증이 심해져 한동안 눈물을 매일 흘렸다. 그럴 때마다 미친 듯이 물가를 찾곤 했다. 알랑드 보통을 좋아했던 그녀는 '우리는 더 잘 사랑할 수 없을까?' '우리는 어떤 사람이 되려고 노력해야 할까요?'라며 삶의 틈새에서 튀어나오는 내 안의 질문들에 대해 이야기하곤 했다.

무엇이 그녀를 죽음으로부터의 유혹을 뿌리치지 못했는지 이유를 알 수 없어 너무 허망했다. 그 후 한동안 나는 그녀를 내 가슴 한구석에 보듬어 안고 죄책감과 미안함에 힘들어했다. 한강에 나가 햇빛에 비추는 윤슬을 바라보며 "다음 생에는 좋은 곳에서 태어나라."고 중얼거리며 그녀를 쓰다듬어 주곤 했다. 그녀는 한강이 내려다보이는 절두산 성당 지하에 잠들어 있다.

2. 행복해지고 싶어

트로트를 유난히 잘 부르던 친구. 요즈음 트로트 열풍에 자주 그 친구가 생각난다.

췌장암으로 고생하며 70세까지만 살기를 염원했건만, 67세로 세상을 떠났다. 늘 깔끔한 외모와 집안일과 자식들 갈무리를 잘하던 친구는 암과의 사투 중에도 뒤처리를 잘하고 떠났다.

그런데 나는 제대로 인사도 못 하고 떠나보냈다. 여고 때는 친하게 지내지 않았지만 결혼 후 친해진 친구다. 유난히 외로움을 많이 탔지만 겉으로는 애써 명랑하고 행복하려고 애쓰던 친구였다. 몇 년 전 단둘이 도쿄 여행을 하며 그 친구의 외로움을 많이 이해하게 되었다. 둘 다 육친을 잃은 아픔이 있기에 그 이야기를 하며 서로를 위로했다. 운동도 열심히 하고 외모 가꾸기도 열심이었는데 허망하게 그 친구를 보내고 나도 많이 아팠다.

3년 뒤 의사였던 남편마저 폐암으로 세상을 떠났다는 이야기를 들었을 때 친구들은 아연질색했다. 그래도 딸을 첼리스트로 키워냈고 아들은 미국에서 건축가로 성공했으니, 한 세상을 열심히 산 훌륭한 엄마였고 아름다운 여인이었다.

3. 네모 칸에 갇힌 나무

미소년의 대명사. 슈퍼스타 장국영. ≪아비정전≫을 보고 그의 맘보춤에 매료되어 따라 추던 남자들의 로망, 우리는 홍콩 영화계의 간판스타인 그를 잃었다. 그는 46세로 만우절 날 거짓말처럼 높은 호텔에서 스스로 뛰어내렸다.

그의 유서에는 '마음이 피곤해서 세상을 사랑할 마음이 없다.' 라고 쓰여 있었다. 마음이 피곤하다는 말의 뜻을 몰라서 이리저리 찾아보니 감정소곤(感情所困)을 그렇게 번역했다는 추측이었다. 곤(困)은 곤할 곤이다. '지치고 괴로움을 겪다.'라는 뜻이다. 글자의 생김새만 보아도 짐작이 된다. 목(木)이 사방에 갇혀 있다. 세상이라는 네모 칸에 갇힌 나무는 얼마나 괴로웠을까.

지금도 그의 노래가 나오거나, 광고를 볼 때 나는 그를 애정한다. 창밖으로 보이는 빌딩 숲속의 검은 밤이 그를 삼킨 것만 같다.

4. 창문밖에서

창문을 유난히 좋아하는 화가가 있다. 그는 창문을 참 많이 그렸다. 늘 열려있는 창문으로 다른 이들이 보지 못하는 것들을 받아들여 그렸다. 그중에서 내가 좋아하는 〈푸른 창문〉이란 그림을 보고 있으면 마음이 따뜻해진다. 흔히 색채에서 마법 같은 에너지를 받는다고 하지만 나는 그의 그림에서 위안을 얻는다.

사람들은 공기를 마시려고 아니면 다른 풍경을 만나기 위해 벽을 뚫고 창문을 만든다. 마티스가 수도 없이 창문에 마음을 담아 그려주었기에 나는 창문을 볼 때마다 새로운 생각을 할 수 있었다.

하염없이 창문을 보며 죽은 친구들을 애도하고 슬퍼하고 괴로워했는데, 마티스는 창문 너머의 세계를 그리며 우리에게 이야기를 들려준다.

나는 유독 푸른 바다 하늘 창문 등 푸름에서 마음이 풀어짐을 느낀다. 창문 너머 밖을 보며 하루 종일 나를 따라다니는 죽은 이들을 기린다. 겨울 빗소리가 애잔하다.

삼시세끼 기분 수첩

오늘은 수첩에 '얼룩덜룩하다.'라고 적었다. 여러 가지 빛깔이 묻어 고르지 않은 무늬를 만들고 있어 편치가 않았다. 손주가 보고 있는 ≪아홉살 마음사전≫이란 책에 나오는 80개의 단어로도 표현 안 되는 나의 마음은 흐릿한 눈으로 보는 세상같이 뿌옇고 얼룩덜룩하다.

이런 마음으로 저녁을 준비하는 내 손길은 허둥거리며 대충하게 된다. 남편은 아침에 코트 속에 내복만 입고 나오고 저녁에는 데이케어센터에 코트를 벗어두고 왔다. 별일도 아닌 것으로 신경을 쓰고 더듬거리는 남편을 보고 있으면 답답해서 내 기분까지 망친다. 어린아이 달래듯 다시 생각해 보고 말하라며 자기 방으로 보내고 나면 진이 빠진다. 당신 자신도 그러는 자신이 답답해서 미치겠지만 도와주지 못하는 나 자신도 어쩔 수가 없다.

정신과 의사 오은영 박사는 힘든 사람들에게 '삼시세끼 기분 수첩'을 만들어 그때그때 기분을 적어서 감정을 정리하는 습관을 기르라고 한다. 요즈음 같은 코로나 블루 시대에 알맞는 처방이라고 생각되었다. 아침에는 그저 그랬던 기분이 오후에 남편의 말 한마디에 기분이 나빠져 조절이 안 될 때가 있다. 천천히 음미하며 음식물에 집중하듯 기분도 찬찬히 들여다보면 왜 그런 감정이 생겼는지 나의 의식 세계와 감정 기복 상태를 알 수 있다.

젊을 때부터 나는 70세까지만 부엌살림을 하리라 생각하고 늘 말하고 다녔다. 그 후에는 실버타운에 들어가 부엌에서 해방되리라 생각했다 그런데 어찌 인생이 마음먹은 대로 흘러갈까, 딸네랑 살림을 합치고 손주들까지 챙기다 보니 부엌에서 헤어나지 못하고 아직도 끼니 걱정을 한다.

남편은 유난히 3식을 고집하는 사람이다. 꼭 국이나 찌개가 있고 나물과 김치 등 5첩 반상은 기본이다. 그동안 회사를 다닐 때는 집에서 한두 끼 정도만 챙겨주며 40년 이상을 지냈지만, 은퇴 후부터는 세 끼를 챙겨주는 것이 다반사(茶飯事)다.

인간들은 언제부터 삼식(三食)을 하였을까. 옛날에는 배고플 때 먹고 밤이 되면 자고 신체리듬에 따라 행동했다. 사회가 산

업화가 되고 일정한 틀에 맞추어 생활하면서 세 끼를 챙겨 먹은 것 같다. 하지만 먹거리를 챙겨야 하는 주부 입장에서는 아침 먹고 돌아서면 점심이고 저녁이다. 특히 무슨 일이 생겨 정신없이 바쁠 때는 간혹 때를 걸러도 모르고 지나가지만, 거의 세 끼는 꼭 먹어야 한다고 생각한다.

"할머니 저녁에 카레 먹고 싶어." 끊임없이 보채는 아이들과 시간을 보내면서 간식까지 챙겨 먹이는 일이 쉽지 않다. 요즘 뜨고 있는 신(新) 삼시세끼 식사법-마음챙김 식사(mindful eating)는 마이클 로이젠 뉴욕 주립의대 교수가 제안한 것으로 속도를 줄이고 음식에 집중하며 다른 곳에 신경을 분산하지 않는 방식이다. 배가 채워지는 느낌뿐 아니라 여러 감각과 감정을 동원하여 전달되는 신체적 만족감을 통해 먹고 있는 순간을 인식하는 방법이다. 다양한 연구조사 결과 이 식사법은 몸무게 감량, 대사증후군 개선 효과를 나타냈다고 한다. 먹는 음식과 시간을 바꿔서 몸이 음식을 처리하는 방식을 최적화하는 것이지만 동시에 '어떻게' '어디서'에 대해 마음을 집중하면서 먹음으로, 오감을 통한 느낌과 음식 먹는 즐거움을 집중할 수 있는 능력을 배가한다고 한다.

장소를 우선순위로 삼는다. 적어도 일주일에 한 번 정도는 오로지 음식에만 신경을 쓸 수 있는 곳에서 식사한다. 그다음 배부름이 아니라 만족감에 집중한다. 음식을 먹고 포만감을 느끼려면 약 20분이 걸린다고 한다. 그러므로 먹는 속도를 늦추면 몸이 필요로 하는 양만큼만 먹게 된다. 이 식사법은 '건포도 명상법'으로도 불리며 작은 건포도 한 알로 정신을 집중해 먹는 체험을 통해 온전한 식사법을 배우는 것이다.

나는 마음챙김 식사법을 실행해 보았는데 말처럼 쉽지 않았다. 20분을 밥상 앞에서 명상하듯이 먹다 보면 도리어 기분이 불편해지고 지겨울 때가 많았다. 그래서 밥도 대충 먹고, 그저 또 한 끼가 지나갔다는 생각을 하게 된다.

한 끼라도 좋은 장소에서 기쁜 마음으로 천천히 음미하며 맛있게 먹는 마음챙김 식사를 하면 내 마음도 가볍고 환해질 것 같다. 그날은 내 수첩에 '블루 스카이(blue sky)'라고 적을 것 같다.

그 깊고 아득한 블루

남편과 손주들을 보내고 다시 잠들어 느지막하게 오전 11시 반쯤 일어나면 하루는 금방 지나간다. 젊었을 때는 내 삶에 치어 허우적거리다 어쩌다 다른 사람들의 삶을 바라보면 괜히 나 혼자만 뒤처져 있는 것 같아 조바심을 치곤 했다. 그러나 이제는 무심히 흘러가는 일상을 익숙하게 바라본다. 상상력과 환상만으로 먼 옛날의 추억 한 자락을 끄집어내기란 힘겨운 나이가 되었다.

오랜만에 그에게서 카톡이 왔다.

> 창밖에 가득히 낙엽이 내리는 저녁 나는 끊임없이 불빛이
> 그리웠다
> 바람은 조금도 불지 않고 등불은 다만 그 숱한 향수와 같은

것에 싸여가고 주위는 자꾸 어두워 갔다

이제 나도 한 잎의 낙엽으로 좀 더 낮은 곳으로 내리고 싶다

– 황동규 〈10월〉

간혹 들려주는 그의 시를 읊으며 푸른 시절을 더듬는다.

어설프고 설익은 과일 같던 시절, '엔담'이란 문학동아리에서 그를 만났다. 그 당시 나는 얼마쯤 다니다 탈퇴를 해서 잊고 있었다. 그를 다시 만난 것은 학교 문학상 시상식에서다. 그는 평론가로 심사위원으로 참가했고 나를 알아보았다.

나는 기억이 나지 않았지만 흥분해서 열심히 이야기하는 그와 추억 조각들을 맞추어 보았다. 하지만 잘 생각나지 않았다. 며칠 뒤 수상자 시인과 같이 점심 식사를 하며 50년 전의 아득한 옛이야기 보따리를 풀어놓았다. 청년 시절에 만나 노년의 할아버지로 만난 그는 나를 애틋한 눈길로 바라본다. 기다리는 동안 세상이 아름다워서 그리 절망하진 않았다고, 그대도 그렇게 살았냐고, 가끔은 떠나간 사람의 마지막 뒷모습이 뿌옇게 명멸하는 점 같은 존재로 남아있을 때, 더욱 아름답다고 느끼듯이 그는 그렇게 말했다.

교수로 시인으로 자리매김하며 살고있는 그가 뿌듯해 보였다. 그 후 우리는 카톡 친구가 되어 그가 시를 올려주면 감상을

나누고 서로 작품을 나누어 보고 좋은 음악을 보내 주기도 하며 옛날 펜팔 친구처럼 지내고 있다.

스물이란 나이는 생각만 해도 가슴이 뛴다. 그때는 상상만으로도 온 세계를 여행했고 꿈꾸었다. 그러나 꿈을 접고 결혼을 선택했던 나는 일상에 파묻혀 숨을 쉴 수 없었다. 잃어버린 문학에 대한 아련한 꿈은 나를 늘 먼 세계에 대한 동경으로 이끌곤 했다.

나는 명화들을 보며 그림 속의 뒷이야기를 흥미롭게 찾아보고 상상하는 것을 좋아한다. 그 속에서 사랑 슬픔 희망 위로를 받는다.

샤갈의 〈달에게 날아간 화가〉라는 그림을 보고 있으면 그 깊고 아득한 블루 앞에서 나도 꿈을 꾼다. 나이 서른에 그렸다는 그림 속에는 풍성한 순수와 이야기가 엿보인다. 나도 날아올라 깊고 아득한 달나라로 가고 있는 것 같다.

그림 속에는 푸른색을 바탕으로 꽃무늬 커튼도 있고 아름다운 마을도 있다. 추억을 배경으로 아름다운 소년이 월계관을 쓰고 둥실 날아가고 있다. 오른손은 수줍은 듯 입을 가리려고 뺨을 스치고, 왼손에는 붓과 팔레트를 들었다. 그 색채에 빠져 한동안 사랑에 빠졌다. 프랑스 남부 그의 미술관에 갔을 때 나는 황홀경을 느꼈다. 그는 "내가 천사의 날개를 그릴 때 그것은 날

개인 동시에 불꽃이며 생각이며 욕망이다. 그리고 세계에 대한 상상으로 판단하라."고 말한다.

살아가면서 불행과 행복의 쌍곡선의 그래프를 그릴 때 상상력은 메말라 가고, 시들어가는 자신과 그 시간들이 안타까워 얼마나 후회를 했는지 모른다.

그림도 환상적이지만 그의 자서전도 몽환적이며 예술이다. 그림 같은 자연풍경을 보며 산다는 것은 얼마나 행복할까. 봄이면 낮은 언덕을 휘적휘적 걸으며 들꽃과 벗하고, 여름밤에는 하늘에서 떨어지는 별똥별을 바라보며 밤바다에 소원을 빌고, 가을에는 낙엽을 밟으며 인생을 생각하고, 겨울이면 하얀 눈밭에 고요히 파묻힐 수 있다면… 행복은 소요하는 자만이 느낄 수 있는 작은 평화의 순간이 아닐까. 나 역시 강원도 양양 솔비치에서 바닷가를 산책하며 행복감을 느꼈다.

말년에 헤세는 포도 넝쿨과 밤나무 숲으로 뒤덮인 잠자는 듯한 마을—스위스 몬타뇰라의 무차노 마을의 정겹고 고즈넉한 풍경들을 그림으로 즐겨 그렸다. 헤세는 호수가 내려다보이는 마을을 정처 없이 걸으며 산책길에서 행복했다고 한다. ≪데미안≫을 읽고 알에서 깨고 나온 새처럼 팔랑거리며 비상을 꿈꾸었던 나는 헤세를 닮고 싶어 숲길을 헤매고 다녔고 유학을 꿈꾸며 프랑스 문화원을 들락거리며 행복해했다.

그 시절의 나의 꿈은 어디로 갔을까. 나의 꿈들은 달나라의 왕자님이 빼앗아 간 걸까. 전문가로 성공해 사회에 봉사하는 친구들을 부러워하며 비참한 내 현실의 모습에 우울해지곤 했었다. 아쉬움을 가슴에 안고 모든 일에 해찰스럽게 굴며 불행을 자초한 것은 아닌지. 찬란하게 빛나던 시절이 나에게도 있었을까.

나무들은 상처를 숨기는 법을 알고 있다고 한다. 잘린 나뭇가지의 흔적은 가을이면 보이지 않게 되고 10년 20년이 지나면 그 부분이 잘린 부분인지도 모른다고 한다. 이제는 무성하게 잎을 키워 상처를 숨기고 나무들처럼 꿋꿋하게 사는 나이가 되었건만 아직도 내 마음의 상처는 가끔씩 나를 아프게 한다.

다시 그 시절로 돌아갈 수 있다면, 푸른 꿈과 스스로의 선택과 문학에 관해 이야기하며 진지했던 20대로 돌아갈 수 있다면 다시 청춘을 만끽하고 싶다. 그러나 아득하기만 한 꿈이다. 꿈은 그저 꿈일 뿐. 밤이 깊어도 새벽이 오듯이 아직도 아름다운 푸른 새벽 별을 기다린다.

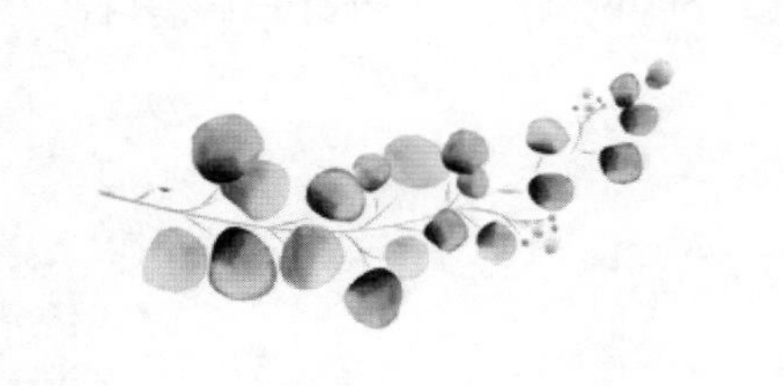

3

보라, 정원

우리는 어디에서 와서 어디로 가는지,
어디에서 별이 되어 다시 만날 수 있는지.
자기 자신의 존재가치와 의미를 성찰하며,
나에게 주어진 운명을 피하지 말고 받아들여야 한다.
상황을 바꿀 수는 없다.
나 자신을 변화시켜 상황을 바라보는 시각을 바꾸어
문제들을 풀어야 한다.
여행 중에 나는 충분한 휴가와 감동으로 충만해졌다.
억울함과 분노, 불안감과 고독, 죄책감으로
공황장애와 우울증으로 힘들었던 시간들이
'당신을 기쁘게 해 드릴게요.'라는 뜻처럼
플라세보 효과가 일어났다.

–본문 중에서

길을 걷는다

*세바스치앙 살가두를 만나다

세종문화회관 전시실 예술동 지하에서 그를 만났다. 드라마틱하고 웅장한 사진들은 처음부터 나를 압도했다. 245점의 흑백 사진들로 보여주는 '제네시스' 프로젝트는 각기 다른 30곳의 장소를 담은 작업으로 2004년부터 시작하여 2011년에 완성되었다고 한다.

극지방과 열대우림, 드넓은 사바나와 타는 듯한 사막, 빙하에 뒤덮인 산들과 대양 위에 존재하는 외딴 섬들이 있다. 펭귄의 무리들 그리고 고릴라와 이구아나의 발, 생존할 수 있는 동물들과 원시 부족들의 놀라운 광경들은 오염되지 않은 장엄함과 경이로움으로 아름다움의 극치를 보여준다.

그는 브라질의 작은 농장주의 아들로 태어나 상파울로 대학에서 경제학을 공부했다. 군사독재를 반대하는 투쟁을 하다 정치적으로 박해를 받아 프랑스로 건너가 소르본느 대학에서 박사과정을 수료 후 국제커피기구에서 일한다. 그러나 아프리카를 방문하고 나서 커다란 영감을 얻어 29세에 거액의 연봉을 받던 직장을 그만두고 프리랜서 작가가 된다.

그는 국제분쟁과 기근의 현장 유니세프, 국경없는의사회, 적십자, 국제연합난민기구 등과 함께 작업하며 가난하고 고통받는 사람들을 존엄한 인간으로 표현한다. 세상이 아무리 빨리 돌아가도 인간과 동물, 그리고 삶 자체는 그러한 척도에 매어 있지 않다는 것을 깨닫는다. 그는 항상 인간을 존엄한 존재의 모습으로 보여주고자 한다. 그들 대부분 잔인한 운명과 비극적 사건의 희생자들이지만 그는 피사체를 존경하고 그들과 교감하며 그 순간을 위해 인내한다. 충분히 기다리며 작업을 한다.

≪나의 땅에서 온 지구로≫라는 그의 책은 그러한 일화와 그의 성장 과정 사랑 그리고 브라질의 숲을 살리고자 하는 그의 작업을 이야기하고 있다. 열기구와 헬리콥터 경비행기를 타고 다니며 지구 곳곳의 아름다움을 보여주기 위해 순간을 기다린다. 신이 주신 창세기 이전의 세상, 잊어버리고 놓치고 사는 곳곳을 보여준다.

그는 묻는다. “우리는 무엇을 바라본다 할 수 있을까?” “우리는 누구를 마주 본다고 할 것인가?”

그의 전시를 보고 나오니 눈이 환하게 트인 느낌과 가슴이 먹먹해졌지만 아름다움에 대해 다시 생각한다.

*두모악 김영갑 갤러리

두모악에서 김영갑을 만났다. 작은 학교를 개조해 만든 갤러리는 아름다웠다. 그는 제주도를 사랑해 1985년 이주를 하고 섬에 정착해 바닷가와 중간 산, 한라산과 마라도 등 섬 곳곳을 오르내리며 사진 작업을 한다.

노인과 해녀, 오름과 바다, 들판과 구름 억새 등 모든 것을 사진으로 남겼다. 양식이 없어도 필름을 사고 배가 고프면 들판의 당근이나 고구마로 허기를 달랬지만 섬의 ‘외로움과 평화’를 찍는 사진 작업은 수행으로 여기며 계속했다. 그의 영혼과 열정을 모두 바친 것이었다.

그러나 몇 년 후 이유 없이 손이 떨리고 아파서 병원에 갔더니 루게릭병이라는 진단을 받는다. 3년을 넘기지 못한다는 말을 듣고 그는 일주일을 누워 있다 털고 일어나 두모악에 갤러리를 만든다. 자연이 주는 메시지를 통해 영혼의 구원을 꿈꾸었던 그는 불행 앞에서 어안이 벙벙하며 행복과 불행은 멀리 있는 것이 아니라 그림자처럼 달고 다닌다는 것을 깨닫는다.

폐교된 초등학교를 손수 공사하며 그는 평상심을 잃지 않고 편안함을 느낀다. 몸은 점점 굳어가도 해야 할 무엇인가가 있다는 하루는 절망적이지 않았고 내일을 기다리며 하루가 편안하게 흘러갔다.

≪그 섬에 내가 있었네≫ 그의 에세이집을 읽으니 눈물이 흘렀다. 결혼도 하지 않고 오직 사진만 찍으며 일생을 살았던 그는 2005년 5월, 49세로 세상을 떠났다.

불현듯 찾아오는 분노 두려움 절망 그리고 힘든 상황을 극복해야 할 때마다 자연에서 해답을 구했다는 그의 글을 읽으며 나의 욕심과 분노 그리고 절망은 사치였구나 하는 생각이 들었다. 그의 잔해가 뿌려진 갤러리 마당을 걸으며 그를 가슴으로 안아본다. 매서운 겨울바람 속에 피어난 너도바람꽃처럼 고통의 끝에서 두려움 없이 나아가야 한다고 그의 사진들은 말한다.

"사람의 능력 밖의 세계를 나는 믿는다."라고 외친 김영갑–. 그는 진정 초인이었다.

매일 아침 눈을 뜨면 온갖 세상을 만난다. 미디어 시대에서 무엇을 보고 어떻게 살아야 하는지 취사선택하는 문제는 각자의 소관이다. 두 사람은 자연을 사랑하고 가난하고 박해받는 사람들을 존중한다. 과연 나는 무엇을 위해 살고 있는가, 무엇을 보고 있는지… 고통 속에서 절망하며 신께 물어도 답이 들리지 않아 답답했는데 그들은 자연에서 답을 얻었다고 말해준다.

길을 걸으며 보도블럭 틈 사이에 피어 있는 민들레꽃을 보며 잠시 걸음을 멈춘다. 이른 봄 이 추위에 생명을 잉태하고 피워낸 그 강렬한 힘을 대견해하며 꽃을 바라본다. 움트는 봄의 기운을 느끼며 '하루하루 해야 할 일이 있으므로 살아내는 것이다.'라고 꽃이 말한다.

아름다운 것만 생각하고 보고 느끼며 살아가자. 항상 평상심을 잃지 말고 무심히 흘러가는 구름을 보며 살아가자. 두 사람을 가슴에 안고 길을 걸으며 간다.

나는 백일몽을 꾸었다

한 치 앞도 보이지 않았다. 나를 둘러싼 모든 일들이 뒤엉켜 질식할 것만 같았다. 세상에서 가장 사랑스러운 구석 질스마리아, 그곳에 가서 니체를 만나면 내 모든 문제가 해결될 것 같은 마음이 들었다. ≪니체의 차라투스트라를 찾아서≫라는 책을 읽고, 나는 질스마리아를 가슴에 품었다. 여행은 갈 수 없는 처지였지만 그냥 떠났다.

고독한 방랑자로 불리는 니체는 병든 몸에 조금이라도 도움이 되는 최적의 기후와 장소를 찾아다닌다. 조로아스터의 가르침에서 길잡이를 찾은 그는 바젤을 떠나 나움부르크에서 농부의 삶을 꿈꾸기도 하지만, 이탈리아로 떠나 베네치아 니스 토리노 등을 떠돌았다.

하지만 여름이면 질스마리아를 찾아 3개월씩 머물곤 했다.

1881년 7월 4일 우연히 방문한 이래 그는 1883년부터 6년 동안 매년 찾아와 머물며 자신의 사상을 가다듬는다. 〈차라투스트라는 이렇게 말했다〉 〈선악의 저편〉 〈도덕의 계보〉 같은 작품이 이곳에서 태어난다. 니체는 이곳을 '지구에서 가장 사랑스러운 구석'이라고 부르며 7번이나 찾아왔는데 그에게 이곳은 안정을 선사한 곳이다. 나는 책의 내용대로 일정을 잡고 그를 찾아 떠났다. 2016년 6월 말부터 10일 동안 피안의 세계를 찾아서….

질스마리아로 가려면 재를 하나 넘어야 한다. 해발 1,800m의 높이, 발아래 운무가 깔려 있는 곳, 영화 〈클라우즈 오브 실스마리아〉에서 말로야 스네이크를 볼 수 있는 곳, 거대한 구름 떼를 상상하며 고산지대로 넘어가는 좁고 험한 고갯길은 그림 같은 풍경을 보여준다. 구름 사이로 보이는 푸른 하늘은 파랗고 계곡 밑에 펼쳐진 호수는 더욱 깊어 보인다.

휴일인데도 우리를 위해 니체하우스를 개방해주기로 해서 우리는 기념관에서 설명을 들을 수 있었다. 조그만 이층집인 그곳은 1960년 니체하우스 보존 운동에 문을 열었고 니체의 사상을 숭배하는 순례자들의 성지가 되었다.

1층에는 니체의 삶과 사상에 관한 기록문들이 전시되어 있고, 2층으로 올라가는 계단 벽에는 니체와 질스마리아에 관한 사진들이 걸려 있다. 2층에는 니체가 사용했던 침대 책상 의자가 전시되어 있다. 은신처인 이곳에서 자신의 내면의 소리를 들었다고 생각하니, 그를 느껴보고 싶어 가구들을 가만히 만져 보았다.

오전 11시에 그는 산보하러 나와서 알펜로제 호텔에서 점심을 먹고 빙하가 있는 펙스탈 계곡으로 들어가 돌아다니다 오후 4, 5시쯤 다시 방으로 돌아와 밤 11시까지 글을 썼다고 한다.

하루에 8시간씩 산책을 하며 그는 숲속에서 깜박 15분씩 무아지경에 빠졌다고 한다. 우리는 하우스를 나와 알펜루트 호텔을 둘러보고 빙하가 녹아 흐르는 개천을 따라 마을을 산책했다. 마음과 마음이 통하는 사람을 만나면 즐거움은 배가 된다. 우연히 그곳에서 이진우 교수의 제자들을 만나 반가움을 표시한 뒤에 우리는 질스마리아를 천천히 걸었다.

몸으로 다가오는 자연의 아름다움에 니체의 고통과 고독이 느껴지는 듯하다. 질바플라나 호숫가에 차라투스트라의 구절이 새겨진 주를레이 바위가 있다고 하는데 그곳까지는 가보지 못했다. "세계는 깊다. 그리고 낮이 생각한 것보다 한층 더 깊다."라는 말은 무엇을 뜻하는 말일까? 차라투스트라의 영원회귀 사상은 오히려 긍정의 힘을 얻게 된다. 세상의 구석까지 찾아다니던 니체처럼 나도 삶의 행로를 찾고자 이곳까지 왔다. 이곳에서 차라투스트라를 잠시라도 느꼈던가? 나를 억죄고 있던 강도 높은 고통의 감정들이 느슨하게 풀어지는게 느껴졌다.

마음은 몸을 지배한다. 마음이 육체를 지배한다는 것을 보여주는 현상이 있다. 플라세보와 노세보 현상이다. 플라세보란 '당신을 기쁘게 해드릴게요'라는 라틴어에서 나온 말로 심리적 효과로 제2차 세계대전 중 약이 부족할 때 쓰였던 방법이라고 한다. 가장 효과를 보는 병은 우울증이라고 한다.

뇌수막증으로 경계성 인지장애를 보이던 남편이 나빠져 치매로 진단되고 9개월 된 손자 녀석의 뒤치다꺼리와 요양원에 계시는 96세 된 시아버지까지, 내 어깨에 매달린 짐들의 무게가 나를 압도해서 숨이 막힐 것 같았다. 반복되는 일상을 도망치듯이 나는 훌쩍 날아왔다. 여행계획을 세우는 것만으로 나의 몸은 플라세보 효과가 나타났다. 날짜까지 맞추려고 6월 말에 떠나 7월 7일까지 일정을 잡았다. 니체와 똑같은 공기와 기후를 맛보고 싶어서.

일정이 빽빽한 우리는 독일로 넘어가 니체의 생가와 무덤이 있는 뢰겐을 거쳐 나움부르크로 갔다. 광기의 철학자로 알려졌지만, 그가 살아온 길을 따라 여행하며 그의 삶의 흔적과 작품, 루 살로메와의 사랑, 고통과 고독 등을 느껴보니, 니체는 어느새 내 곁에 와 있었다.

우리는 어디에서 와서 어디로 가는지, 어디에서 별이 되어 다시 만날 수 있는지. 자기 자신의 존재가치와 의미를 성찰하며, 나에게 주어진 운명을 피하지 말고 받아들여야 한다. 상황을 바꿀 수는 없다. 나 자신을 변화시켜 상황을 바라보는 시각을 바꾸어 문제들을 풀어야 한다.

여행 중에 나는 충분한 휴가와 감동으로 충만해졌다. 억울함과 분노, 불안감과 고독, 죄책감으로 공황장애와 우울증으로 힘들었던 시간들이 '당신을 기쁘게 해 드릴게요.'라는 뜻처럼 플라세보 효과가 일어났다.

구석이란 말은 묘한 느낌이 있다. 세상에서 가장 아름다운 구석 한 귀퉁이에서 나는 백일몽을 꾸었다.

100개의 삶과 죽음

낯설다. 여기는 어디쯤일까. 아무리 둘러보아도 출구가 보이지 않는다. 한참을 헤매다 겨우 정신을 차려보니 어둠뿐이다. 두려움과 고통이 나를 짓누른다.

제임스 터렐의 〈달의 뒤편〉이란 작품을 보러 미나미테라에 들어서자 불안감과 헷갈리는 혼란 속에서, 잠시 여기는 죽음의 저편일까 하는 생각이 들었다. 지옥도 이렇게 깜깜하고 절망적이지 싶다. '나는 과연 존재하고 있나?' 하는 의구심이 든다. 15분간의 지독한 어둠이 주는 압박감은 대단하다. 한참을 어둠 속에서 당황하다 방향을 잡아서 의자에 앉는다.

그러다 내 안에 내재(內在)된 빛을 본다. 간신히 앞으로 나아가니 회색빛과 검정이 혼합된 스크린 같은 면이 있다. 빛이 헤엄쳐 나오는 공간은 벽 안으로 쑥 들어간 공간으로 손을 넣어보아도 잡히지 않는다. 겨우 출구를 찾아 나오자 안도감과 동시에 '아' 하는 탄성이 나온다.

나오시마의 4월의 따스한 봄볕과 살랑거리는 바람과 재재거리는 새소리가 현실의 아름다움을 느끼게 한다.

섬은 평화로워 보인다. 꽃길을 따라 걸어가니 드디어 지추미술관이 보인다. 여기서 제임스 터렐의 또 다른 작품 〈오픈 스카이〉를 본다. 여기서는 하늘의 실제 모습을 보여준다. 고개를 한껏 젖히고 바라본다. 구름이 흘러가는 것을 보며 잠시 나를 구름 위로 올려놓는다. 그곳이 천국이지 싶다. 사람의 눈이 적응하며 변하는 것과 착시현상을 경험할 수 있는 신기하고 재미있는 공간이다. 시간과 기후에 따라 하늘색은 완연히 달라 보인다.

드디어 베네사하우스 뮤지엄에 들어간다. 과천의 현대미술관처럼 원형으로 뚫린 공간. 층층 곳곳에 작품들이 전시되어 있다. 야니스 쿠넬리스의 작품 〈무제〉는 밥을 먹다 힌트를 얻어 만들었다고 한다. 떠내려온 나무나 컵 등을 납으로 말아서 제작한 이 작품은 정말 김밥을 연상시키는 재미난 작품이다. 지하 한가운데 또 하나 눈길을 사로잡는 작품이 있다.

부르스 나우만의 작품 〈100개의 삶과 죽음〉이란 작품이다.

큰 전광판에 네온사인으로 100개의 문자가 나타난다. well &

live, old & die, kiss & live, love & die, cry & live, run & die 등 삶과 죽음에 대한 글자가 빠르게 점멸하며 나타나는데 이것을 따라 읽다 보니 그동안 살아온 나의 삶이 보인다.

과연 나의 삶을 설명하는 문자는 무엇일까? 바라건대 write & die라고 하고 싶지만 전 인생을 그렇게 살지 못했다. 그러나 인생을 100개의 단어로 단정할 수 있다면 좋겠지만 우리네 인생살이는 각자의 인생 수만큼 수만 가지다. 무엇을 보기 위해 나는 이곳에 왔을까. 눈으로 보이는 것만이 다가 아니라는 사실은 알고 있었지만, 시간과 공간 그리고 탄생 이전의 저세상을 보고 온 느낌이랄까… 많은 것을 느끼게 하는 곳이다. 막다른 골목에 처했을 때, 희망이 보이지 않아 울고 있을 때, 한 줄기 빛은 우리를 일어서게 한다.

같이 온 친구 Y는 일 년 전 췌장암 선고를 받고 절망했지만, 다행히 수술을 받고, 죽음의 문턱을 넘었다. 절망감과 두려움에 울던 친구는 이제는 울지 않는다. 걱정했던 것보다 그래도 컨디션이 좋다. 친구는 쉬어 가며 천천히 구경을 한다. “죽고 사는 것을 누가 알겠니?, 매일 매일 즐겁게 열심히 살다 가자.” 위로하는 내 손을 잡고 그 친구가 오히려 나의 등을 두드려 준다.

하늘빛과 세토내해의 물빛에 우리 일상의 무거운 짐들이 풀어진다. 서로의 눈빛들이 서로의 마음을 평온하게 감싼다.

나는 아쉬움을 안고 항구로 왔다. 배를 기다리는 동안 바다를 보니 해파리 한 마리가 춤을 추고 있다 그렇게 가까이에서 해파리를 본 것은 처음이었다. 춤사위가 예사롭지 않다. 해파리 한 마리도 새롭게 보인다. 물끄러미 한참을 들여다보며 "안녕 또 올게." 작별 인사를 했다.

다음에는 가족과 같이 오고 싶다.

"비행기가 현재 결항 중이어서 언제 출발할지 모른답니다. 편히 쉬고 계세요." 오전 11시 비행기는 공항으로 출발하려는데 문자가 왔다. 안개가 많이 껴서 이곳 다카마츠 공항에 비행기가 내릴 수 없어 한국에서 출발을 못 하고 있다는 소식이다. 하루 한 번밖에 비행편이 없으니 기다릴 수밖에 없단다. 가이드가 여기저기 전화를 하더니 다행히 마츠야마로 2시간 30분 이동을 한 후 오후 5시 30분 비행기를 탈 수 있게 되었다고 한다.

비가 부슬부슬 온다. 창밖으로 보이는 풍경들이 완연히 봄기운이라 떨어지는 꽃잎을 보며 버스 안에서 시를 낭송하고 노래를 부르며 우리는 즐겁게 시코쿠로 갔다.

공항으로 가며 비 오는 거리를 뒤돌아보았다. 인생이란 참 알 수가 없다. 모든 경우의 수 앞에서도 절망은 할 수 없다. 우리 인생에서도 앞으로 일어날 일들을 문자로 알려 주면 좋으련만 하고 생각해 본다. 그래도 언제나 복병은 숨어 있겠지.

관광(觀光)은 빛을 보러 가는 것이다. 내 안에 빛이 없어 추위를 느낄 때 나는 떠난다. 그러나 여행(旅行)을 가면 어둠까지도 보인다. 안도 다다오의 건축세계와 제임스 터렐, 월터 드 마리아의 작품세계는 상상했던 것보다 훨씬 규모가 크고 웅장하며 많은 것을 느끼게 한 나오시마 여행이었다.

길가메시 프로젝트

몇몇 과학자들은 2050년이 되면 인류는 죽지 않을 것이라고 전망한다. 최근 유전공학자들은 예쁜 꼬마선충의 수명을 2배로 늘리는데 성공했고, 나노공학자들은 나노로봇으로 생체공학적 면역체계를 개발 중이라고 한다. 죽지 않는 인류가 생겨나기 시작하고 그런 현상이 보편화된다면 세상은 어떤 모습일지 매우 궁금하다.

애초에 길가메시 프로젝트는 병을 고치고 목숨을 조금 더 연장시켜 보려는 생각으로 시작되었다고 한다. 그러나 시간이 지나면서 아예 죽음 자체를 넘어선 존재, 완전히 새로운 인류를 만들어 내려는 것으로 변하고 있다.

중국 서안에 다녀왔다. 천 년 동안 국도(國都)로 번영한 역사적 도시답게 상상보다 크고 넓었다. 가로수는 오래되어 울창하고 곳곳에 공원과 사적이 풍부했지만 누적된 시간은 증발하고 현대식 건물들로 고유한 느낌이 사라지고 있는 것 같아 안타까웠다. 수천 년의 역사가 개발이라는 이름으로 쫓겨나고 있었다. 3박 4일의 빠듯한 일정 동안 정신없이 여기저기를 구경했다.

진시황의 병마용 갱은 상상했던 것보다 큰 규모로 세계 8대 불가사의로 꼽힐 만큼 거대하고 정교했다. 병사들마다 독특한 표정과 개별화가 인상적이다. 사마천의 기록에 따르면 진시황릉은 세상의 축소판이었다고 한다. 8천 명의 실물 크기 병사들로 이루어진 테라코타 군대는 인간의 모습을 본떠 만든 것으로 무기와 의복의 매듭 모양, 머리 모양 신발의 코높이로 신분을 표시하는 것까지 모든 것이 정교하고 섬세했다. 모든 것이 서로 다르기 때문에 더 실물처럼 보인다. 아직도 계속 조금씩 작업을 하고 있는 그곳은, 불멸의 생을 꿈꾸던 진시황의 절대적 권력과 거대한 야망을 보여준다. 하지만 비밀을 지키기 위해 수은을 넣어 사역한 사람들을 죽이고, 노역에 시달렸던 백성들의 삶과 허망함에 눈시울이 붉어진다. 진시황이 얻고자 했고 그토록 찾고자 했던 영원히 죽지 않는 불로초는 어디에 있는 것일까….

하루 종일 17,000보를 걸었더니 발바닥이 화끈거리고 아프다. 더 나이를 먹으면 이런 역사여행은 힘들 것 같다. 일행 중에 60대 초반으로 보이는 남자 두 분이 왔는데 선 후배 사이로 아내들이 이런 여행을 좋아하지 않아 둘이서만 왔다고 한다. 그들을 보니 남편 생각이 났다. 아프지만 않았으면 같이 왔을 텐데….

낮에 본 화청지에서 밤에 장한가무쇼를 보았다. 당 현종과 양귀비의 파란만장한 사랑 이야기를 장예모 감독이 연출한 쇼다. 작은 연못에 지나지 않았던 곳에서 무대가 솟아오르고 물과 불을 어찌나 잘 이용하는지 계속 감탄사가 나왔다. 뒤로는 여산을 배경으로 별빛처럼 불빛이 켜지고, 마침 음력 보름이라 둥근달이 떠올라 무대는 가히 환상적이었다. 나라를 기울게 한 미모라고 백거이는 말했다지만 총명하고 아름다웠기에 현종은 해어화(解語花)라 불렀던 양귀비. 천년이 지나도 양귀비는 계속 사람들 입에 회자되고 관광 상품으로 팔리고 있는 모습을 보니 그녀는 진정 대단한 여인임에 틀림이 없다. 하지만 그녀의 일생은 불행했다. 현종의 총애를 받아 부귀를 누렸다지만 죽음조차 불분명하고 여전히 미스터리로 남아있다. 그녀의 동상을 보니 풍만함이 넘치는 S라인과 관능미가 당 현종의 마음을 훔치기에 충분했을 것 같다. 여자라면 한 번쯤 서양의 클레오파트라나 양귀비처럼 예쁜 몸매와 총명함을 가지고 싶다는 꿈을 꾸기도 한다. 하지만 미와 슬픔은 언제나 붙어 다닌다고 조지 맥도날드가 말했듯이 그녀들 역시 미인박명으로 짧은 생애를 마감한다.

맞춤 의학시대– 남편의 주치의는 2023년이 되면 알츠하이머 치료제가 개발되고 뇌에 대한 연구도 꾸준히 하고 있으니 참고 치료해 보자고 한다. 지난 2월에 수술한 장치 덕분에 남편의 삶의 질은 많이 좋아졌다.

인간이 신을 발명할 때 역사는 시작되었고 인간이 신이 될 때 역사는 끝날 것이라고 '유발 하라리'는 말한다. 이제 호모 사피엔스는 스스로 한계를 초월하고 있다.

이런 프로젝트들은 불멸을 향한 탐구와 깊게 얽혀 있으며 과학이 하는 모든 일을 정당화시키는 구실을 한다. 이제 우리는 머지않아 스스로 욕망 자체도 설계할 수 있을 것이다. 사이보그 공학으로 생명의 법칙을 바꾸고 사이보그가 되려는 경계선에 아슬아슬하게 발을 걸치고 있는 우리는 이 선을 넘으면 정체성이 달라지는 무기물 속성을 갖게 될지도 모르겠다.

빠르게 변화되어 가는 세상에서 천 년 전 사람을 만나고 돌아오며, 과연 나는 어떤 세상과 무엇을 원하고 있는지 묻고 있었다.

꿈속의 사랑

≪설국≫의 가와바다 야스나리를 만나러 가는 여행이다. 눈사태로 비행기가 연착되어 1시간 반이나 기다려 조마조마한 마음으로 겨우 비행기를 탔다. 니가타 공항에 도착하자 하얀 세상이 우리를 기다리고 있었다.

시미즈엔(에도시대에 만들어진 전통 일본 정원)의 나무들은 눈에 파묻혀 겨울왕국을 연상하게 했고 '뽀드득'거리는 눈 발자국 소리는 우리를 황홀하게 했다. 잠시 걱정과 근심도 잊고 동심으로 돌아가 '야호' 소리를 지르며 뛰어놀았다.

그런데 다음날 유자와로 가는 일정에서 차는 눈사태로 고속도로가 통제되고 우리 일행은 6시간 동안 관광버스에 갇혀 있었다. 배고픔도 편의점 빵으로 대강 해결하고 어렵게 연락이 되어 밤 10시 35분 마지막 신칸센 고속열차를 타게 되었다. 우리는 피난민처럼 짐은 버스에 두고 간편한 차림으로 몸만 빠져나와 달렸다. 마지막 열차를 타고 30분을 달리자 에치고 유자와역에 도착했다. 기대하던 역에 내리니 또 눈이 내렸다. 다행히 우리가 묵을 유모토야 료칸이 바로 역 앞에 있었다.

야스나리의 집필실 다카한 료칸은 작가가 머물던 건물 자리에 새로 신축한 것이다. 1층에 설국문학관이 있고 2층에는 설국을 집필한 카스미노마(안개의 방)실을 그대로 살려두어 소설에 나오는 당시의 모습들을 사진으로 볼 수 있다. 가장 궁금했던 장면인 2월 14일 새 쫓기 축제 때 이웃 마을에 눈 터널(태내)을 보고 오는 장면이 있는데 그것도 사진으로 전시되어 있었다. 그 시절에만 있는 풍광이려니 생각했는데 눈앞에 쌓인 130cm나 되는 눈을 보니 가히 짐작이 된다.

2층에 설치된 영화관에서 설국 영화를 보며 나는 방금 전 보았던 게이샤의 실제 모델이었던 '미쓰에' 사진이 생각났다. 고마코의 이미지와는 달랐지만 상당한 미인이다. 안개의 방은 내가 상상했던 것보다 작았다. 내려다보이는 정경은 그지없이 아름답다.

시간과 햇빛의 조화 속에서 간간이 지나가는 기차를 바라보며 철길 따라 눈길을 보냈을 그들을 생각한다. 그리고 순백색의 세상 속에서 18살의 나를 생각해 본다. 나도 고마코처럼 그런

불같은 사랑을 했으면 지금의 나의 상황은 달라져 있었을까….

'불루스타'란 독서클럽에서 그 아이를 만났다. "누나 저 어때요. 저하고 사귀면 안돼요?" 교복을 단정히 입고 소녀들의 선망인 K고교의 다이아몬드 이름표를 달고 그가 그런 말을 했을 때 나는 어이가 없어 그에게 매몰차게 말했다.

"무슨 소리야! 나는 고 2고 너는 고 1이잖아." 불쾌하고 무시당한 느낌이어서 나는 큰소리를 냈다. 6개월 동안 그는 열렬히 구애를 했지만 나는 '헛수고'라고 일축하며 싸늘하게 대했더니 어느 날 슬그머니 탈퇴하고 말았다. 68년 당시만 해도 연하랑 사귄다는 것은 상상도 할 수 없던 시대였고, 나는 관습에 얽매어 사고가 자유롭지 못했다. 그 후 30여 년이 지난 어느 날 우연히 TV에서 멋지게 성공한 그를 보았다. 어린 시절의 그 아이가 다시 보였다.

요즈음 나는 연상연하 커플의 이야기를 들을 때마다, 그를 놓친 것이 일생일대의 가장 큰 실수였다고 농담을 하며 너스레를 떤다. 특히 6살이나 연상인 남편과 세대 차이를 느낄 때마다 내 마음속에는 그와의 로맨스를 상상하며 즐기곤 했다.

37년 만의 폭설로 사방은 눈의 세계였고 처마 밑에 매달린 고드름은 바람에 날린 모습 그대로 얼어 뾰죽한 창살 모양으로 붙어있는 풍광은 어디에서도 볼 수 없는 장관이다. 나는 안개의 방에서 창밖을 내려다보며 푸른 추억 속으로 한껏 젖어 들었다.

인생은 선택의 연속이다. 우리는 살면서 늘 선택의 기로에서 망설인다. 머뭇거리지만 언제나 어쩔 수 없이 그렇게 되어버렸다며 후회를 한다. 이상과 현실의 괴리감에 허우적거리며 미망을 쫓아 헤맨다. 무언가 허전하고 저 멀리 이상향이 있을 것 같아 찾아다니지만 막상 가보면 늘 그 자리에서 맴돌고 있는 자신을 본다.

시마무라가 이상을 찾아 유자와를 세 번이나 찾아왔듯이 나도 이 도시 저 도시를 여행하며 누군가를 만날 것 같아 자주 여행을 떠난 것은 아니었을까.

우리들은 이런저런 이야기를 나누었다. 나이가 들어 다시 책을 읽어보니 상당히 관능적인 내용인데 은유적으로 묘사하여 알아채지 못하고 그냥 지나쳐 읽었던 부분이 많았다. 지금 생각해보니 다르게 느껴지고 상당히 아름답게 다가온다. 온천물에 몸을 담그고 나와 유카다를 입고 료칸을 거닐며, 나는 첫사랑과 이별을 생각했다.

눈에서 시작해 불로 끝나는 소설 ≪설국≫은 짧지만 긴 별사(別辭)다. 시마무라의 허무의 벽에 부딪혀 열정적인 사랑도 순수한 사랑도 그저 처연하게 비칠 뿐이다.

그날 밤 꿈속에서 그를 만났다. 정열적으로 사랑하며 즐겁게 놀고 있는데 "여보" 하는 남편의 목소리에 잠이 깼다. 꿈이었다. 잠깐 멍해서 정신을 차릴 수가 없었다. 뜨거워진 가슴을 쓸어내리며 캄캄한 방안을 둘러보니 고요하다. 바다를 건너와 이곳에서 젊은 날의 그를 생각하며 꿈을 꾸고 있는 나는 아직도 18살에 머물고 있는 이상주의자라는 생각에 쓴웃음이 났다.

마음이 고단합니다

비가 계속 내린다. 그렇게 가물더니 장마가 시작되자 몰아쳐 내린다. 어제는 기온은 낮았으나 습도가 높아서 불쾌했고, 오늘은 천둥과 번개까지 정신없이 내려 불안하다. 다리를 다쳐 두 달 동안 외출을 못 하고 있다. 나는 날씨가 좋아도 싫고 이렇게 비가 와도 몸과 기분이 우울하다.

일상은 변하지 않고 끊임없이 반복된다. '곧 끝나겠지. 이 순간만 지나면 괜찮아지겠지.' 하고 그동안 버티고 있었는데 눈 깜짝할 사이에 일이 벌어졌다. 20개월 된 손주를 보살피다 계단에서 굴러서 오른쪽 발등뼈가 부러졌다. 철심을 3개나 박는 수술을 했다. 2주간 입원을 하고 퇴원해서 요양 중이다. 누워 있는 동안 시간은 흘러가지만, 나날은 힘들었다. 그동안 너무 힘들어서 쉬라는 신호라고, 다들 위로를 하지만 편안할 수가 없다. 남편은 나보다 더 불안해서 우왕좌왕하고, 그것을 보고 있자니 마음이란 놈이 이리저리 왔다 갔다 하며 나를 휘젓고 있다.

〈마음을 사물로 표현하기〉라는 글에서 재미있는 것을 읽었다. 보통은 동사나 형용사로 표현하는데 명사화시켜 표현하는 것이다. 대부분 흐르는 물이나 보이지 않는 공기, 산소 등으로 표현하고 있지만, 그중에 시멘트라고 한 것을 보며 재미있으면서도 조금은 수긍이 갔다. 시멘트는 처음에는 액체 상태지만 차츰차츰 굳어져서 고체가 된다. 그 글을 읽으며 남편에 대한 내 마음도 시멘트처럼 굳어진 것은 아닐까 하는 생각을 했다.

나는 마음을 어떻게 생각하고 사물화할 수 있는지 그려보았다. 나는 마음은 길(行路)이라고 생각한다. 아무도 가지 않는 곳을 개척하고 가다 보면 길이 생긴다. 그리고 그 길을 꾸준히 갈 수밖에 없다. 언제나 갈림길에서 서성이며 고민하지만, 마음이 시키는 대로 작정한 길을 간다. 그리고 나머지 길에 대한 미련과 아쉬움으로 안타까워하는 것이 인생이다.

'마음이 고단합니다.' 하고 처방전을 달라고 했더니, 시민청에 있는 '마음약방'에서는 시장 산책길을 처방해 주었다. 일상에 지친 나는 광장시장이나 통인시장을 구경하며 복닥복닥 가슴 뛰는 활력을 얻는다.

지난봄 일본으로 문학기행을 갔다. 일본의 셰익스피어라는 나쓰메 소세키를 만나러 가는 길은 기대하고 상상했던 것보다는 약간 실망스러웠다. 그는 1867년생, 에도시대 사람으로 올해가 탄생 150주년이다. 도쿄대학 의학부 건물 옆 옛 집터에는 작은 고양이 인형 한 마리가 담장 위에 앉아서 우리를 맞이하고 있었다. 와세다 역 교차로에서 나쓰메 자카 언덕길을 오르자 작은 기념비가 있었으며 소세키 공원 안에 있는 흉상은 안타깝게도 공사 중이라 유리 벽을 통해서만 볼 수 있었다.

그리고 우리는 조시가야 공원묘지를 찾아갔다. 동네 한가운데 있는 공원으로 작은 꽃들과 나무들로 꾸며진 밝은 곳이다. 그의 소설 〈마음〉에서 친구의 무덤이 있는 곳으로 매달 성묘하던 곳이다. 소세키는 그곳에 묻혀 있었다. 유명한 사람이라고 특별한 표시는 없었다. 다만 비석이 소파 모양을 한 것이 특이했다. 떠나기 전 〈마음〉을 읽고 갔던 나는 길을 걸으며 소설 속의 선생님을 떠올렸다. 선생님처럼 과연 나는 있는 그대로 자신의 모습을 보여줄 용기가 있는지 자문해 본다.

아무리 가까운 사이라도 보여주고 싶지 않은 부분이 있다. 스스로 생각해도 치욕스러운 미움, 증오 나아가 혐오를 느끼게 만드는 그 무엇들, 나도 이해할 수 없는 그 무엇들을 누가 이해해 줄 수 있을까. 소설 속의 선생님의 궁금했던 비밀은 사랑의 삼각관계와 자기모순에 대해 고백하고 있다. 그는 도덕과 소유욕,

이성과 감성, 삶과 죽음 사이에서 찢기며 자신과 다른 사람의 마음을 이해하지 못해 괴로워한다. 인간을 증오하며 친구를 죽게 했다는 죄의식에 사로잡혀 은둔생활을 한다. 자신도 메이지 천왕의 죽음 앞에서 순사를 결심했다는 편지를 주인공 '나'에게 보내고 자살한다.

나는 이 소설을 읽고 인연과 사랑 그리고 마음의 움직임에 대해 생각해 보았다. 과연 나에게는 죽기 전 내 마음을 고백할 수 있는 사람이 있나, 그리고 용기가 있나 하는 생각이 나를 움직였다.

소세키는 불행한 성장 과정과 신경증으로 병고에 시달렸으나, 100년 뒤까지도 자신의 작품이 널리 읽혀 영원히 살아있는 작가가 되기를 원했다고 한다. 하지만 그는 늘 '죽음이 삶보다 낫다.'라며 죽음을 연모했다. 소세키의 창작 기간이 12년밖에 되지 않은데도 많은 대작을 남겼고, 일본의 근대 지식인의 표상으로 '국민작가'로 칭송받는 것을 보면 그는 살아있는 작가다. 사회가 불안할수록 삶의 가치를 되돌아보고 자기성찰을 하게 되는 지점에 소세키는 하나의 길잡이 역할을 하며 일본 화폐에 영원히 새겨져 있다.

여행을 다녀오고 한 달 후 나는 다쳤다. 수술대 위에서 척추 마취를 한 까닭에 나는 가슴 아래는 마취가 되고 얼굴 윗부분은 감각을 느끼며 1시간을 견뎠다. 그 시간은 너무 무서웠고 마치 나 자신이 모래 무덤 속에 갇힌 것 같았다. 두려움에 쏟아지는 눈물을 주체할 수 없었다. 그동안 숱한 죽음을 보며 나는 죽음 앞에서 의연히 냉정하게 맞이하리라 했던 마음은 거짓이었고, 막막함이 어깨를 짓누르고 있었다.

나는 두 달이 넘게 고통 속에서 불면과 싸우며 마음의 길에서 내리는 비처럼 오락가락하며 많은 것을 보았다.

시를 읽으며

올해 시초부터 몸이 안 좋아 계속 병원을 들락거렸다. 작은 수술과 시술 그리고 부작용으로 불면증에 시달리고 몸은 만신창이가 되었다. 그래도 일상은 흘러갔다.

코로나19 바이러스에 발목이 잡혀 2월부터 확진자 수가 기하급수적으로 증가되더니 사회적 거리두기와 집콕, 마스크 대란 속에서 움츠리고 집에서 칩거했다. 다행히 스마트폰 덕분에 영상통화와 카톡으로 세상과 연결하며 간신히 숨을 쉬었다.

심장이 부어 부정맥이 뛰고 숨을 제대로 쉴 수가 없다. 덜컥 겁이 났다. 아직은 좀 더 살아서 마무리를 하고 떠나야 하는데…. 올해는 아름다운 벚꽃도 오만가지 꽃길도 느낄 수가 없었다.

3월에 바다를 보러 여행을 갔지만, 동해바다 파도 소리도 예전 같지 않고 모든 것이 부질없어 보였다. 노인들에게는 치명적이라고 특히 호흡기 환자들은 코로나에 걸리면 위험하다는 뉴스에 목감기를 달고 사는 나는 더욱 조심스러웠다. 가끔 일이 있어 버스를 타고 나갈 때 기침이 나오면 시선이 따가워 얼른 사탕을 입에 물곤 했다. 애써 괜찮은 척하고 딴청을 하지만 따가운 시선이 불편했다.

기분이 가라앉고 의욕이 없으니 우울감이 온몸을 감싸고 '코로나 블루'라는 신조어처럼 만사가 귀찮은데 학교와 유치원에 안 가는 손주 녀석들의 등살에 더욱더 힘들었다. 힘든 시간들을 성경을 쓰며 마음을 다스리고 좋은 시를 읽으며 보냈다.

어느 날 이 시를 읽으니 가슴이 먹먹해지며 우리가 무심코 내뱉었던 거짓말들이 들킨 것 같아 부끄러웠다

"요즈음 어떻게 지내세요?" "잘 지내고 있어요."

"만나서 밥 한번 먹읍시다." "네."

구차하게 내 상황을 설명하는 것도 싫어서 그냥 슬며시 거짓말을 하곤 한다.

요즘 어떻게 사느냐고 묻지 마라

폐사지처럼 산다

요즘 뭐하며 지내느냐고 묻지 마라

폐사지에서 쓰러진 탑을 일으켜 세우며 산다 (중략)

부디 어떻게 사느냐고 다정하게 묻지 마라

너를 용서하지 못하면 내가 죽는다고

거짓말도 자꾸 진지하게 하면

진지한 거짓말이 되는 일이 너무 부끄러워

입도 버리고 혀도 파묻고

폐사지처럼 산다.

—정호승 〈폐사지(廢寺址)처럼 산다〉 중에서

경주 폐사지에서 느꼈던 허허로운 느낌에서 겸허함을 배우고 시인의 마음에서 위안을 얻는다. 견고하고 흔들리지 않는 신앙을 믿고 신의 자비를 간구한다. 세계 곳곳에서 재해와 바이러스로 고통받는 이웃의 평안을 위해 오늘도 마음의 기도를 올린다.

보라색 수국이 활짝 핀 정원

괴테가 자유를 찾아 이탈리아로 향한 시간은 모두가 잠든 새벽이었다. 여성문인회 회원 28명이 기타큐슈로 문학기행을 가기 위해 인천공항으로 출발한 시간도 6월 1일 새벽 4시 반이었다.

오전 7시 10분 비행기는 정확히 출발하여 일본 기타큐슈 공항에 8시 20분에 도착했다. 날씨는 청명하여 비가 올까 걱정했던 마음을 일순간에 날려 주었다.

B가이드의 간단한 인사와 아침 식사로 제공된 맛있는 빵과 우유를 먹으며 우리는 간몬교를 건너 모지항으로 이동했다.

이데미츠 미술관

이데미츠 기업이 세운 것으로, 1층에 이데미츠 회장의 일대기와 사업장 설명이 있고 2, 3층에 일본의 서화, 도자기가 전시되어 있다. 새롭게 단장을 해서 모던한 벽돌풍의 작은 건물이다. 전시실의 서화, 도자기들은 내게 큰 감흥을 주지 않았지만, 이데미츠 회장의 기업 정신인 '인간 존중'이 마음에 남았다.

보라색 수국이 활짝 핀 정원에서 사진을 찍고 모지항 레토르로 걸어갔다. 관광명소답게 아기자기하게 꾸며진 이곳은 메이지 시대와 다이소 시대에 지은 서양 건축물이 잘 보전되어 있고 아인슈타인 박사가 묵었다는 모지 미쓰이 구락부와 국제우호기념도서관등 이국적인 정서가 느껴지는 세련된 건물들이 있는 예쁜 항구다.

마침 도개교 블루윙이 열리고 있어 구경을 하고, 우리는 그 다리를 건너 식당으로 향하는데 바나나 맨 동상이 눈길을 끈다. 이곳은 바나나를 처음 대만에서 들여온 도시로 유명하다고 한다. 우리는 쇼핑몰 2층 식당에서 유명한 야끼카레를 점심으로 먹고 혼슈섬으로 건너가 야마구치현 서쪽 끝에 있는 아키요시 동굴로 향했다.

아키요시 동굴

1926년 동굴을 방문한 아키요시 황태자의 이름을 붙인 곳으로 카르스트지형의 석회암 동굴이다. 거대한 석순들과 종유석이 이 만들어 낸 요상하고 다양한 형상들을 보며 새삼 자연의 위대함과 한 방울의 물이 모여 만들어 낸 신비롭고 기묘한 형상들에 찬탄을 금할 수가 없었다. 1시간 남짓 걸어서 구경을 하고 나오니 국립공원으로 지정되어 있어서인지 나무들이 울창했다. 되돌아 나올 수 없는 동굴의 구조 탓에 계속 걸었더니 작년에 다친 다리에 무리가 갔는지 매우 아팠지만 기분은 상쾌했다.

루지코지

1442년 건립된 오층탑은 오우치 문화의 최고 걸작으로 일본 3대 명탑 중 하나라고 한다. 봄에는 벚꽃과 매화 가을에는 단풍이 유명하여 많은 사람이 찾는 곳으로 서산으로 기우는 햇살에 탑은 붉게 빛나고 있었다.

어제 공항텔에서 제대로 잠도 못 자고 이른 아침부터 강행군을 한 탓에 일행은 지쳐 보였지만 다들 이국의 정취와 설렘으로 기분은 좋아 보였다. 우리는 유다 온천장으로 이동하여 짐을 풀었다.

료칸 호텔이라 유카타로 갈아입고 가이세키 특식으로 차려진 상 앞에 열과 행을 맞춰 한 명씩 자리를 잡고 앉았다. 사무라이 영화의 한 장면처럼 저녁 식사를 하는 광경은 무슨 조직원들이 연상되어 우스웠지만 맛있는 식사 후 가진 자기소개 시간은 회원들 각자의 개성이 드러나는 즐거운 시간이었다.

모리 오가이 기념관

여행 이틀째 아침 우리는 서부 작은 교토라 불리는 츠와노 지역으로 이동하여 근대 문학의 거장이라 불리는 모리 오가이 구택과 기념관으로 갔다. 본명이 린타로오인 그는 일본 중국 서양의 문물을 두루 섭렵하여 서양 근대문학 및 그 이론을 도입하여 로맨티시즘, 반자연주의 입장에 근거하여 소설, 희곡, 시가, 에세이 등에 거대한 족적을 남겼다. 특히 역사소설 및 사전(史傳)은 근대 일본 문학사에 독보적 존재로 남아있다.

동경대 의학부를 졸업하고 육군성에 임관되어 1884년부터 4년간 독일에 유학할 때 쓴 〈무희〉라는 소설에서 그 당시의 고뇌가 잘 나타나 있다. 그는 작가로는 천재는 아니었지만, 다방면에서 활약한 거인으로 위생학, 의사, 평론 미학, 미술 평론 등 종합적인 지식인이었다. 그의 고택에서 사진을 찍으며 그리고 기념관에서 그가 남긴 3,000여 점의 유물들을 보며 나는 잠시 그의 고뇌를 생각하며 묵념을 올렸다.

다시 잠시 하기 성하마을로 이동하며 수기짱(가이드)의 재미난 명치시대의 사무라이 이야기와 일본의 역사를 들으며 시모노세키로 이동했다.

시모노세키

상상했던 것보다 아름다운 도시였다. 우리가 제일 먼저 찾아간 곳은 조선통신사 상륙기념비로 그들의 지난한 여정과 임무를 떠올려보는 시간을 되짚었다.

해협을 끼고 데크를 깔아서 산책을 할 수 있게 되어 있고 복어가 많이 잡혀서 커다란 복어모형을 세워 놓은 것도 재미있었다.

길 건너에는 1185년에 건립한 아카마 신궁이 있다. 여덟 살에 죽은 안토쿠 왕을 모시는 신궁인데 원래는 조선통신사 객관으로 사용되었던 건물이다. 언덕 위 산사의 상징인 절의 빨간 문이 인상적이었다. 그리고 우리는 다시 고쿠라 역 앞의 호텔로 이동하였다.

마츠모토 세이쵸기념관

여행의 마지막 밤 우리는 호텔 카페를 빌려 준비해간 빙고게임도 하고 맥주를 마시며 노래와 시조, 재미난 이야기를 하며 여흥시간을 즐겼다.

여행의 마지막 날이다. 호텔 조식을 먹고 고쿠라성과 정원 그리고 마츠모토 세이쵸기념관을 보러 갔다. 가쓰야마 공원 안에 모두 같이 있어 구경하기가 편했다. 1959년에 복원된 천수각과

왕의 여름 별장인 정원은 아름다웠고 내부에 민예자료관이 있어 흥미롭게 구경을 하고 우리는 세이쵸기념관으로 건너갔다.

1909년 키타규슈 고쿠라에서 태어난 그는 본명은 키요하라다. 그는 모든 규범을 넘어선 작가다. 불우한 소년 시절을 거쳐 1941년 아사히 신문의 사원이 된다.

그 후 1950년 〈사이고 지폐〉가 현상소설에 입선되고 52년 ≪기억≫ ≪어느 고쿠라일기전≫ 등으로 아쿠타가와상을 받는다. 그는 55년 퇴직 후 창작에만 전념하며 추리소설을 쓰기 시작하는데 현대사회의 암흑면을 파헤쳐서 기록문학의 가능성을 개척했다. 그는 ≪점과 선≫의 연재로 베스트 작가가 되고 그 후 '세이쵸 이전' '세이쵸 이후'라는 말이 나올 정도로 세이쵸 붐을 일으킨다. 동기의 묘사에 중점을 두고 추리소설의 사회성을 추가하였다.

그의 서재와 집필실을 보며 그의 창작에 대한 집념과 열정을 볼 수 있었다. 그 후 980여 편의 작품을 남겼고 최근까지 리메이크되어 총 410회가 넘게 드라마, 영화화가 이루어졌다고 한다. 세이쵸는 일본 미스터리 문학에 큰 영향을 끼쳤고 논픽션, 역사 평전까지 광범위한 활동으로 일본 문학의 거장으로 남아있다.

그의 작품을 잘 몰랐는데 그의 기념관을 보고 나니 새삼 문학을 대하는 나의 자세를 재정립하는 계기가 되었다. 2박 3일 일정은 끝이 났지만 각자의 가슴에 영원히 남을 추억으로 새겨지고 한 식구라는 마음이 새겨진 여행이었다.

옛친구, 그 후

1. 부산 바닷가에서

초등학교 때 외갓집이 서면에 있었고 친척 집이 초량역 근처에 있어 외삼촌들과 밤에 반딧불을 잡으며 놀던 기억이 난다. 부산은 그 후 여러 번 탈바꿈하여 홍콩 같은 느낌을 주어 어릴 적 아련한 고향 같던 느낌이 없어진 것 같아 아쉽지만 그래도 좋다.

알아보지 못하면 어쩌지, 나는 통화를 끊고 약간 걱정을 했다. 40여 년 만에 보는 얼굴인데 많이 변했을까? '허심청 온천'이 저 멀리 보이자 가슴이 두근거렸다.

"그동안 살아온 이야기 좀 해봐라."

초로의 할머니가 되어 있는 그녀를 측은한 마음으로 보며 어디 아픈 곳은 없냐고 물어보았다. 아픈 곳은 없는데 껌딱지처럼 붙어있는 남편 때문에 힘들다고 한다. 70살이 넘은 고령의 남편들은 어디서나 여름 손님처럼 반갑지 않은 존재다.

친정 남동생들이 둘 다 유명을 달리해 부모님 모신 이야기를 하며 학교 선생 하면서 아이들 키우고 고생한 이야기를 줄줄이 한다. 어디서나 우리네 여자들 팔자는 뒤웅박 신세인 듯하다. 나 역시 남편 아픈 이야기를 하며 그래도 살아 있으니 이렇게 만났다고 잠시 잊고 즐거워했다. 옛 친구는 이래서 좋은가보다.

약간 통통한 편이었던 친구는 몸무게가 반쯤은 빠져나간 듯 몰라보게 날씬했다. 대학 졸업하고 그해 봄에 결혼한 나는 신혼여행길에 제주도에서 부산에 들렀다 도착한 날은 남편 친구 부부를 만나고 나는 공항 가는 길에 잠시 그 친구를 만났다.

경남여고를 졸업한 그 친구는 부산 사투리를 예쁘게 썼다. 나는 고향이 울산이고 외갓집이 부산이라 친근감이 들어 대학 4년 내내 친하게 지냈다. 우리는 헤어진 지 한 달밖에 안 지났지만, 둘만의 수다 삼매경에 빠졌다. 두 시간 넘게 신나게 이야기를 하고 있는데 옆에서 기다리던 남편이 다가왔다. "비행기표 여기 있다. 너는 나중에 오지." 하곤 쌩하고 나가버렸다. 내 결혼생활의 미래가 보였다.

얼굴색이 붉게 변해있는 신랑은 화가 많이 나 있었다. "아니 뭐 저런 매너가 있어." 나는 친구한테 창피하기도 하고 옹졸한 남편의 태도에 화가 나서 얼른 택시를 타고 비행장으로 향했다. 그렇게 우리는 볼썽사납게 헤어졌다.

그 후 첫아이를 낳고 한번 보고는 연락이 끊겨 수십 년을 궁금해하다 내가 TV 퀴즈 프로그램에 나간 것을 보고 그 친구가 방송국으로 연락을 하여 내게 전화를 했다. 그래도 만나지도 못하고 통화만 하다가 8년이 지나 이제야 만난 것이다. 1시간 동안 50년 세월을 풀어놓기에는 안타까웠지만 식구들이 기다리고 있어 헤어져야 했다. 친구는 피천득의 수필 "나이는 물어 무엇하리 오월 속에 내가 있는데, 아프지 말고 오월 속에 오래 있자."라며 문자를 보내 주었다.

해운대 레지던스 호텔은 가격도 싸지만 시설도 훌륭하고 바닷가에 위치해서 마음에 들었다. 한 달 살기를 하면 싼값으로 할인도 해준다니 마음에 새겨 두었다. 나중에 혼자 오리라 생각하며….

2. 불국사에서

경주는 언제 와도 기대감으로 신선하다. 손주들 보여주려고 문무대왕 바닷가에서 한바탕 놀다가 불국사와 석굴암으로 향했다. 3살 때 아버지는 나와 어머니를 데리고 불국사로 여행을 왔다. 생의 첫 여행이었다. 군인 짚차 옆에서 최초의 독사진을 찍었다. 울산에서 경주까지 오면서 아버지와 어머니는 즐거웠을까. 시 공간 능력을 초월해 상상을 해본다.

이곳저곳을 둘러보며 상념에 젖어있는데, 남편은 여기가 어디냐고 자꾸 묻는다. 나는 차근차근 경주에 놀러 온 기억을 더듬어 주려고 노력을 하지만 그때뿐이다. 구부정하고 어눌하게 걷고 있는 남편의 뒷모습을 보니, 언제 여기를 또 올 수 있을까 싶다. 불국사에서 7.3km 떨어진 거리로 차로 15분 정도라는데 구불구불한 고갯길을 넘어 석굴암 가는 길은 멀미가 날 정도다.

고등학교 수학여행 때 우리는 이 길을 걸어 올라갔다. 그때는 힘든지도 모르고 친구들과 깔깔거리며 걸어갔다. 한 계단 한 계단 힘들게 올라가 만난 석굴암 부처님은 공사 중이라 유리관 안에 모셔져 있었다. 그래도 부처님을 알아보고 남편이 삼 배를 한다. 무엇을 빌었느냐고 물어보니 건강해지고 얼른 병이 나았으면 좋겠다고 빌었단다. 애처로운 마음에 가슴이 짠하다. 바닷가 근처에 있어 안개가 자주 끼는데 안개를 들이마시고 토하는 모습이라 해서 토함산이라 지어졌다는 이야기도 흥미롭고, 주차장 입구에 불우이웃을 위해 1000원을 받고 3번 타종을 할 수 있어 재미있었다.

토함산자락에 있는 석굴암은 불국사의 부속 암자로 이름은 석불사였다고 한다. 신라의 찬란한 불교문화의 축소판이면서 김대성이 전생의 부모님을 위해 창건했다고 쓰여 있다. 돌아 나오는 길은 언제나 가는 길보다 가깝게 느껴진다. 호젓한 숲속 길을 한참 걸어갔었는데 나오는 길은 금방이다. 인생길도 그런 것 같다. 지나고 보니 한평생이 눈 한 번 떴다 감은 것같이 찰나로 느껴질 때가 있다.

아련한 추억 속에서 아버지를 생각하시는 어머니는 벌써 구순을 넘으셨다. 나 역시 결혼생활이 50년을 바라본다. 굽이굽이 산길처럼 그 길은 길고도 험난했지만 지나간 길은 짧게 느껴진다.

점심을 먹고 우리는 동궁식물원으로 갔다. 최초의 동 · 식물원이었던 동궁과 월지를 현대적으로 재현한 곳으로 본관 2관은 치유와 회복에 도움을 주는 힐링 식물과 화초가 100종 6,500본의 식물이 있다. 우리는 오전의 힘들었던 산행을 이곳에서 풀었다.

4박 5일 동안 동해바다를 보며 푸른 파도에 시름을 날렸다. 아픈 남편을 이끌고 이제 여행을 하는 것도 힘들어졌다. 6식구가 함께한 여행이었지만 옛친구도 만나고 홀로 바다를 보며 한풀이를 실컷 한 여행이었다.

인생의 그림자

결혼 47주년이라 삼척으로 여행을 갔다. 코로나19로 세월이 수상한데, 내 옆의 현실에서도 기막힌 슬픔을 마주하게 되었다. 외손녀가 갑자기 아파서 마음을 졸였다. 아직 어려서 수술도 못하고, 울고 있는 딸을 보고 있자니 내 가슴은 더 기가 막혔다. 방학이 연기되어 집에서 뒹굴고 있으니 아이들 돌봐주는 것도 힘든데, 놀이터도 나가지를 못하니 답답해해서 떠난 여행이다. 동해 바다는 여전히 거기서 나를 기다리고 있었다.

내 삶이 견딜 수 없고 힘들 때 "여행은 마음껏 할 수 있다."는 말이 가슴으로 훅하고 들어왔다. 항공사에 다니는 남자의 말이니 가능할 것 같았다.

20대 초반, 사는 게 녹록지 않아 방황하고 있을 때 일간지의 '오늘의 운세'를 즐겨 찾아보곤 했다. 그러다 "동쪽으로 가면 귀인을 만날 수 있다."라는 문구를 보는 날은 은근히 누가 귀인일까 하며 두리번거렸다. '여행' 그 말은 나를 설레게 했다. 재보고 따져 볼 것도 없이 그 말에 나의 마음을 빼앗겼다. 그 남자가 귀인처럼 보였다.

누군가를 사랑하는 일은 준비 없이 시작되고 감정은 재앙처럼 덮쳤다. 2월 말에 졸업하고 3월 17일에 결혼을 한다고 했으니 아버지는 노발대발 화를 내다가 대학원에 보내 준다고 회유를 하다가 "내 인생은 나의 것"이라고 막무가내로 떼쓰는 맏딸을 보내 주었다.

날개는 신비와 힘을 상징하는 것 같았다. 나는 남자의 따뜻한 그늘, 날개 아래 붙어서 같이 날고 싶었다. 그러나 결혼은 현실이었고, 곧 나의 환상은 깨어졌다.

수없이 여행 가방을 메거나 벗었다. 여러 나라의 골목을 헤매고 다녔지만, 해답은 보이지 않았다. 체념과 포기와 인내만이 나의 몫이었다. 맏며느리와 맏딸의 책임을 피할 수 없었다. 그림 한 점을 볼 여유가 없었고 음악회 한 번을 갈 수 없었다.

결혼한 지 20년이 지나서 처음으로 나의 방을 갖고 글을 쓰기 시작했다. 조금 숨통이 트이는 기분이었다. 그러나 욕망이 클수록 실망도 컸고, 자신감은 바닥을 치고 나락으로 떨어졌다.

그때 우연히 영국 화가 월터 랭글리의 〈슬픔은 끝이 없고〉라는 그림을 보게 되었다. 그 그림은 '위로'를 주제로 한 그림 중에 가장 유명한 작품이라고 한다. 뒤쪽으로 보이는 바다는 잔잔하고 등댓불은 보이는데, 얼굴을 가리고 울고 있는 여인의 표정은 보이지 않는다. 하지만 늙은 여인은 말없이 어깨에 손을 올려놓고 고개를 숙이고 있다. 조금 더 나이 든 여인은 이미 겪어본 고통이다. 깊은 슬픔이 흐른다. 시간이 가기를 기다릴 수밖에 없겠다. '기다리자 기다려보자 언젠가 이 슬픔을 대신할 것이 찾아오지 않을까?' 여인의 흐느낌은 더 커지는 것 같은데….

그 후 나는 힘들 때마다 랭글리 그림을 찾아서 보곤 했다. 어느 날은 그저 눈물만 주르륵 흘려도, 어떤 위로의 말보다 나에게 많은 위안을 주었다.

랭글리(walter langley 1852~1922), 그는 뉴린이라는 어촌에 정착한 후 어촌의 가난한 일상과 힘겨운 삶 그리고 가족에 대한, 특히 모성에 관한 그림을 많이 그렸다. 그림에 눈물과 한숨을 담아낸 화가였다고 한다.

바닷가에서 놀고 있는 아이들의 사진을 찍다 보니 우리 부부의 그림자가 모래사장에 비춰졌다. 남편의 내려앉은 어깨와 구부정한 내 모습을 보니 잠깐 가슴이 먹먹해졌다.

여기까지 오느라고 힘들었지… 그래도 그림자를 잃어버리지 않고 잘 살아 오지 않았는가. 남편의 날개는 부러져 정신이 오락가락하지만, 지금은 내가 손을 붙잡고 가고 있다. 슬픔은 거대한 것이다. 누군가의 슬픔에 간섭하지 않고 그저 가만히 옆에 있어 주어도 위로가 된다. 부부란 그런 존재인가 보다.

4

붉은, 로망스

손주들은
수시로 할미 방으로 쳐들어온다.
고맙게도 매봉산 자락 끝에 있고
나무들이 운치 있게 어울려 아름답다.
산새 소리가 들리고 산책로가 있어 가끔 거닐면 상쾌하다.
어디서 살건 누구와 살건
노년의 삶은 '괴롭거나' 아니면 '외롭거나'라고 한다.
몸은 힘들어도 '괴롭거나'를 택한
나는 주어진 상황에 열심히 살 뿐이다.
나는 힘이 들거나 불편할 때는
혼자 '셈치기 놀이'를 하며 세월을 보내곤 했다.

– 본문 중에서

깨꽃처럼 양파꽃처럼

오랜만에 친구와 연극을 보았다. 〈나는 꽃이 싫다〉라는 여배우 2명이 출연하는 극이다. 무대는 장면전환 없이 도심의 호텔방이고, 30년 만에 만나는 모녀의 이야기다. 관객은 실시간 관찰자가 되어 그들을 바라본다.

"너구나." "안녕하세요." 하며 시작하는 첫 장면의 대사를 보며 관객은 앞으로 있을 그들의 갈등을 느낄 수가 없다. 모녀는 서로에게 부재했던 30년 시간을 뒤로 하고 현실에서 만난다. 남편과의 불화, 경제적 어려움 때문에 어린 딸을 버리고 미국으로 건너갔던 중년의 여인은 간호사로 성공했고, 다시 만난 딸 앞에서 의외로 당당하다.

보통은 미안하다며 눈물을 흘릴 법도 한데 전혀 그렇지 않다. 딸 역시 잘 자란 모습을 보이려고 애를 쓰지만 고등학교만 겨우 나와 남자와 동거 중이다. 그런 딸아이와의 대화는 서로가 못마땅하고 어색하고 모자라 보여 허공에서 겉돈다. 전형적인 모성상과는 다른 시각에서 바라보는 모녀의 이야기다.

작가는 모녀를 통해 "우리의 인생에 후회되는 부분이 있다면 남은 시간 속에서 그 후회를 고쳐나갈 수 있다는 메시지를 전하고 싶다."고 한다.

자식보다 자신의 인생을 우선 할 수밖에 없었던 냉정한 엄마도 무대 뒤로 가서는 울음을 터뜨리고 딸 역시 엄마의 울음소리를 듣고 용서하고 이해하는 모습으로 극은 끝난다. 70분 내내 서로가 눈물 한 방울 흘리지 않고 그들은 대화로 그들의 인생을 이야기한다.

엄마 역의 배우가 연극을 위해 실제로 이혼을 고민하던 친구여서 그의 표정 하나하나가 더 실감이 왔고, 나 역시 젊었을 때 그런 문제로 고민을 해 보아서 더 큰 울림이 왔다. 딸이 홍콩에 살고 있어 국제 파출부 노릇을 하는 친구와 오후타임 파출부 노릇을 하는 나는 이른 저녁을 엄마 냄새가 나는 국밥으로 먹었다. 우리는 어떻게 사는 것이 진정한 여성으로의 삶일까에 대해 이야기를 나누었지만 답이 나오지 않았다. 돌아오는 길에 벌거벗은 나목을 보니 임태주 시인의 어머니가 생각났다.

나는 옛날 사람이라서 주어진 대로 살았다. 마음대로라는 게 애당초 없는 줄 알았다. (중략)

깨꽃은 얼마나 예쁘더냐, 양파꽃은 얼마나 환하더냐

고운 도라지꽃들이 무리 지어 넘실거릴 때 내게는 그곳이 극락이었다.

부박하기 그지없다. 네가 어미 사는 것을 보았듯이 산다는 것은 종잡을 수가 없다.

맑구나 싶은 날은 느닷없이 소낙비가 들이닥친다. 세상 사는 것 별거 없다.

속 끓이지 말고 살아라. 힘든 날은 참지 말고 울음을 꺼내 울어라. 너는 정성껏 살아라.

임태주 시인의 〈어머니 편지〉라는 이 글에서는 자식을 끔찍이 사랑하는 그저 한낱 촌부의 모습이 떠오른다. 힘든 일상 속에서 가끔 하늘을 보고, 꽃을 사랑하는 그 모습에 가슴이 먹먹하지만 한편으로는 감동으로 따뜻해졌다. 부박한 삶을 살아낸 한 여성의 삶이 숭고하게 느껴진다. 바로 우리네 어머니의 모습이다.

자신의 삶을 위해 이혼을 하고 결혼도 선택이라고 말하는 요즘 젊은 여성들을 보면 어떻게 살아야 잘 사는 것인지 모르겠다.

나 역시 딸을 위해 서울로 이사까지 했다. 둘째를 낳은 딸의 산후조리와 손주들을 돌봐주기 위해서다. 남을 위해 봉사도 하는데 자식이 필요하다고 요청을 하는데 무엇을 못 해줄까 싶지만, 관절염으로 다리가 아프니 많이 불편하다. 아기 보는 것을 '생명봉사'라고 하지만 힘에 부친다.

딸네 집 일을 봐주고 저녁 10시에 집으로 돌아가며 오가는 밤거리의 풍경들을 보며 과연 여성의 삶은 이렇게 살 수밖에 없나 하는 생각이 자주 든다. 주어진 여건과 경우에 따라 각자의 선택이 있겠지만 어떤 것이 정답인지는 답이 안 나온다. 꾀를 피우고 안 할 수도 없고, 사랑이라고 얼버무리기에는 몸이 따라주지 않는다. 저출산으로 인한 국가 존속 문제를 이야기하지만 사회적으로 여건이 조성되어야만 출산율이 나올 것 같다.

얼마 전 TV에서 스웨덴 여성들의 아기 양육 문제와 재취업을 하면서도 잘 살아가는 모습을 보며 많이 부러웠다. 한 여성이 사회적으로 성공하기 위해서는 다른 세 여성의 도움과 희생이 필요하다고 한다. 부모로서 희생과 책임은 언제까지 해야 하는지 모르겠지만 사회적 뒷받침이 절실히 필요하다.

물 흐르듯이 속 끓이지 말고 정성껏 살다 보면 끝도 보이고 해답도 있겠지… 세월아 네월아 하며 시간이 흐르길 기다린다. 연극작가 김수미 씨는 "인간은 누구나 선택을 통해 인생을 만들고 그 선택이 모두에게 좋은 결과를 가져다주지 않으며, 그렇지 만 모두 소중한 인생이며 생을 마치기 전까지 인생은 규정되지 않는다."고 말한다.

그래 살다 보면 꽃이 싫은 날도 있고 흩어지는 꽃잎에 환하게 웃을 날도 있겠지만, 깨꽃처럼 열정을 가지고 살아도 좋고, 양파꽃처럼 소박하게 살아도 모두 정성스런 삶이다. 추운데도 짧은 치마에 긴 부츠를 신고 활기차게 지나가는 젊은 여성들을 보며 그들의 행보에 박수를 보낸다.

가질 수 없지만 가질 수 있는

비가 내린다. 겨울답지 않게 영상 8도까지 기온이 올라가더니 눈이 비가 되어 내린다. 산책을 나가려고 마음먹었는데, 발목을 붙잡는다. 할 수 없이 그냥 책상에 앉는다.

한동안 '나는 왜 글을 쓰는가?' '왜 쓰려고 하는가?'라는 근원적인 문제에 빠져 있었다. '무엇을 위해 잠을 못 자고 책을 읽고, 글을 쓰고 있나.' 하는 회의에 그동안 망설이고 망설이다 겨우 십수 년이 지나서야 책을 엮었다.

버킷리스트 제1번에 작성한 수필집 출간을 위해 노력해오다 막상 책이 나오고 사람들의 비평과 찬사와 감사를 받으니 과연 잘한 일인지 모르겠다는 생각이 들었다. 늘 여기저기서 보내 주는 책 선물을 받을 때마다 감사하면서도 미안했는데 이제 빚을 갚은 것 같아 기쁜 마음으로 책을 보내며 그동안 미처 몰랐던 작가들의 노고를 새삼 느꼈다. 문학을 하는 사람들에게 왜 글을 쓰느냐고 물으면 대부분 돈을 벌려고 하는 것도 아니고 명예를 얻으려는 것도 아니나, 그냥 쓴다는 사람들이 대부분이다. 자기 구원의 방식으로 고백하려는 심리와 사회적 인정의 수단으로 문학과 글쓰기를 하는 경우가 많다고 한다. 과연 나는 무엇을 위해 글을 써야 했을까 하고 다시 한번 반문해본다. 머릿속에 떠다니는 생각들을 붙잡아 갈무리를 해본다.

이런 날은 몸을 움직이는 것이 좋다. 힘들어도 일부러 움직이려고 한다. 미루어 두었던 서재 청소를 시작한다. 모차르트의 교향곡 40번을 들으며 기분을 추스른다. 이런 날은 장조보다 단조 음악이 더 좋다.

늘 한해를 마감하며 서재의 먼지를 털고 소장하는 책을 400권으로 정리하려고 한다. 내가 좋아하는 작가 코엘료의 말처럼 책에 날개를 달아 멀리 보낸다. 그는 〈다시는 펼쳐지지 않을 책〉이란 글에서 책을 정리해 도서관으로 보내는데 그것을 여행을 떠나보낸다고 썼다. 그 글을 읽고 난 후부터 나도 그동안 쌓인 월간지들과 선물 받은 책 들 중에 펼쳐놓고 고르는 작업을 한다. 그러나 만만치 않다. 그래도 이 책은 선배님이 보내 주신 것인데 하며 다시 주워든다.

어릴 적 책방주인이 꿈이었던 시절도 있었다. 모든 자료를 수집하고 가지고 있어야 했기에 늘 책만 보면 가지고 싶고, 많은 책이 즐비한 서가가 있는 집이 부러웠다. 하지만 이제는 책이 지천에 넘친다. 문학 모임에 가서 책을 선물하면 모두들 반가워 하면서도 무겁다며 집으로 보내 주길 바란다. 심지어 버리고 가는 사람들도 있다. 일 년이 지나고 보면 수십 권의 책들로 가득해진다. 책들은 책상에 떡처럼 켜켜이 쌓여 내가 먹어주길 기다리고 있다.

철학자 스피노자는 평생 100권의 책만 지녔다고 한다. 아직은 100권으로 줄이는 것은 좀 더 걸릴 것 같다. 평생을 영문학에 매진하던 선배님은 자신의 별장에 작은 도서관을 만들고, 자신의 전공을 딸에게 전수했다. 그분을 보며 많이 부러워했다. 하지만 나는 어느 자식이 내 책들을 반가워할지 모르겠다.

사람의 인생은 한 포기 풀과 같다는 생각이 요즘은 든다. 들판에 핀 야생화처럼 바람이 불면 부는 대로 흔들리다가 꽃은 떨어지고, 있던 자리에 흔적도 없이 사라지기도 하고 다시 피어나기도 한다. 보잘것없던 잡초들이 생명을 유지하기 위해 끈질기게 붙잡고 있는 뿌리를 보면 안쓰럽기도 하지만 대견스러운 마음이 드는 것을 보면 소중한 것을 볼 줄 아는 나이가 되었다. 하찮은 풀이었던 쇠비름과 개똥쑥도 쓰임에 따라 약이 되기도 한다. 어느 것 하나 소중하지 않은 것은 없으리라. 긍정의 힘으로 세상을 살아가야지 하다가도 이런저런 부정적인 생각들과 무기력함에 허우적거리다 보면 그저 하찮은 잡초임에 틀림없다는 생각이 든다. 오후 내내 조그마한 욕심과 염려로 가슴을 졸인다. 그것도 일이라고 힘들어 소파에 누우니 잠이 쏟아진다. 잠깐 졸았나보다, 마릴린 먼로의 눈처럼 풀어진 눈을 애써 뜨며 자리에서 일어난다.

뭐라도 하지 않고 하루를 보내면 내가 잘못 살고 있는 것은 아닌가 하여 조바심을 쳤을 때가 있었다. 하지만 이제는 그저 오늘 하루 충실히 살다 보면 한 달이 되고 일 년이 되고 십 년이 되는 것을 안다. 창밖에 비가 그쳤다. 나뭇가지가 흔들리는 것을 보니 바람이 많이 부는 것 같다.

요즈음 읽고 있는 ≪내 영혼에게 말 걸기≫라는 책에 이런 말이 나온다. 옷장의 옷을 계절이 지나면 정리를 하듯 우리의 생각들도 '생각벽장'에서 정리를 해야 한다고 한다. 지난날 누군가에게 상처받았던 말들과 어려울 때 도움을 주지 않았다고 원망했던 마음들과 생각지도 않았던 사건들에 휩싸여 힘들어했던 상황들이 벽장 속 깊숙한 곳에 매달려 있다. 묵은 옷을 정리하듯 무거운 생각들을 털어낸다. 서재를 정리하고 나니 책장이 비워졌다. 내 '생각벽장'에도 빈 공간이 보인다.

소심하게 나에게 말을 건다. "괜찮지? 아까워 하지마, 마음을 비워." 어디선가 세미한 소리가 귓가를 맴돈다.

보이스 퀸 영혜 씨

영혜야 잘 있니?

네가 떠난 지도 벌써 3년이 넘었구나.

우리는 여전히 잘 지내고 있다. 선자도 수강이도 연희도 가끔씩 네 이야기를 하며 잘 살자고 다짐한단다.

그 여름 갑자기 네 소식을 듣고 황망히 달려갔지만 떠난 너를 슬퍼할 겨를도 없이 떠나보냈지. 장례식장에서 동창 친구들의 놀라는 모습과, 너의 아들과 딸 그리고 네 남편의 막막한 모습에 우리는 어떤 위로의 말을 해야 할지 몰라서 눈물만 훔치고 있었다. 너를 화장해 납골당에 모셔놓고 집으로 오는 길이 너무 멀었단다. 이승과 저승의 갈림길이 그렇게 먼 거리인 줄… 미어지는 가슴을 안고 흐르는 눈물을 닦을 수도 없었단다.

마침 독일 여행을 하고 온 뒤라 네 건강이 많이 안 좋다고 하는데도 너를 만나러 가지 못했어. 너도 같이 여행을 가고 싶어 했는데, 나만 다녀와 미안하기도 했고 밀린 집 안 일에 미적거리다 너의 마지막을 못 봐서 너무 미안했단다.

너에게 주려고 산 부채선물은 건네주지도 못하고 아직도 내 서랍 속에 간직되어 있어.

라이프치히에 있는 바흐박물관에서 그 부채를 펼쳐보자 음표가 그려져 있어 네 생각이 나서 얼른 샀지. 그런데 그 검은 부채가 너의 부고를 알려 주는 것일 줄이야 생각도 못 했단다. 네가 가고 나 역시 한동안 아팠단다. 가슴이 너무 아파 심장내과에 가서 검사를 하니 공황장애 약을 주더구나. 니체가 아팠던 두통과 비슷한 아픔을 느끼며 매일 수면제를 먹고 잠들곤 했지, 한동안 나는 새끼 잃은 짐승처럼 정신을 차릴 수가 없었단다.

우리는 네가 그렇게 살고 싶어 했던 70세를 맞이하고 여고 50주년 상봉 파티 행사 준비를 하고 있어. "나 꼭 50주년 여행에 가고 싶다. 그때까지 버틸 수 있을까?" 간절하게 말하던 네 눈빛을 잊을 수가 없어. 걱정하지 말라고 잡아주던 내 손을 뿌리치고 너는 그렇게 황망히 떠났지. 나중에는 많이 힘들어해서 한 달에 한 번 너를 만나러 너희 집을 방문하곤 했지. 우리는 웃으며 만났지만 항상 조심스러웠지. 너를 위로해 준다며 마음을 쓴다고 했지만 네 아픔을 어찌 알 수 있었겠니.

네가 췌장암이라는 병을 선고받고 느꼈을 그 절망감을 누가 알 수 있었을까. 그래도 다행히 무사히 수술을 마치고 잘 버티고 있다고 믿었는데 그리 허망하게 갈 줄이야.

넌 누구나 부러워하는 활달했고 성실한 남편과 공부 잘하는 아들, 너를 닮아 음악적 재능이 뛰어나 첼리스트가 된 딸을 둔 친구였지. 운동도 늘 하고 있어 걱정이 없어 보였는데 누가 네 깊은 병을 알 수 있었겠니.

너는 참 열정이 많은 친구였지. 병중에도 네 남편 안 선생님이 보여준 지극한 보살핌과 사랑에 늘 감사하며, 일생 중에 가장 행복하다고 좋아했지. 또 네가 가장 사랑했던 딸이 결혼하고 손주를 낳았을 때 기뻐하던 네 모습이 생각난다.

사람들은 사는 것을 단순화하려고 매일 실제 느끼는 것보다 과장된 말들을 하며 살아간단다. 오늘도 역시 포커페이스를 하고 적당히 웃으며 아무렇지도 않은 척 설렁설렁 하루를 보내며 살지. 특별히 너를 생각하지도 않았는데 네가 좋아하던 노래가 나오면 주르르 눈물이 흐르던 때도 있었지만 이제는 췌장암이란 소리에도 그리 놀라지 않는단다. 시간은 그렇게 흘러 망각의 강을 따라가고 있어. 오늘은 바람이 수수께끼처럼 웃으며 지나간다.

70년대 좋아했던 김민기의 〈친구〉를 틀어놓고 너를 생각한다.

“무엇이 산 것이고 무엇이 죽었소. 눈앞에 떠오르는 친구의 모습 흩날리는 꽃잎 위에 어른거리오. 저 멀리 들리는 친구의 음성 달리는 기차 바퀴가 대답하려나.” 노래 가사처럼 삶과 죽음의 차이가 과연 무엇인지 생각한다.

5년 전 우쿨렐레를 배워 네 노래에 반주를 해주며 같이 노래하고 싶었는데 네가 그렇게 가서 그만두었던 우쿨렐레를 작년부터 다시 배우고 있어. 이제 나도 잊었던 노래를 부르며 단순하고 즐겁게 살려고 한다. 벼룩이 통통거리며 튀는 모습처럼 ‘하하호호’ 웃던 네 웃음소리가 들리는 듯하다.

그래도 며칠 전 들은 안 선생님의 별세 소식은 충격이었어. 하늘에서 너는 또 얼마나 가슴이 아팠을까⋯ 3년 만에 너를 따라간 네 남편은 너를 많이 사랑했던 것 같다. 그래도 남은 자식들 걱정 말고 잘 지내. 친구야.

우리 다시 만나는 그날까지 천국에서 열심히 노래 부르며 기다리고 있어. 내 마음에 너는 진정한 보이스 퀸이었어. 안녕.

셈치기 놀이

우리 집은 서울 돈암동 전차 종점 근처로 나는 네 살부터 스물한 살까지 그 집에서 다섯 형제들과 외삼촌, 애보고 일하는 언니까지 모두 9명이 살았다. 집은 신흥주택으로 40평 남짓했고 방은 4개였다. 그런데 그중 하나는 외삼촌이 고시 공부를 하느라 차지하고 하나는 세를 주었으며 우리는 초등학생이 끝날 때까지 2개의 방을 나누어 썼다. 그래서 나는 불만이 많았고 동생들과 같이 쓰는 공간이 싫어서 집이 싫었다.

우리 앞집은 번듯한 2층 양옥으로 한때 나의 동경의 대상이었다. 나는 동생들이 내 물건을 만지거나 흐트러져 놓으면 화를 내며 신경질을 내곤 했다. 그래서 가끔 내가 앞집 딸이라면 얼마나 좋을까 생각하곤 했다. 그래도 화가 안 풀리면 집을 나가 골목길을 헤매곤 했다.

나는 학년 아이들 중 가장 키가 작았으며 모습도 가냘프다 못해 빼빼 마른 체형으로 체육 시간에는 늘 교실에 있는 아이였다. 그런데 그 당시 60년대는 중학교 입시가 있던 시절이어서 초등학교 4학년부터 저녁이면 과외 공부하러 다녔다. 너무 힘들어서 그만하고 싶었지만, 어머니의 꾸중이 무서워 그냥 다닐 수밖에 없었다. 어머니는 치맛바람을 날리며 학교에 드나들었고, 나는 중학교가 경기여중 하나밖에 없는 줄 알았다.

큰길에서 우리 집은 골목길로 접어들어 세 번째 집이었고 우리 뒷집은 내 친구 영희의 집이고 그 옆집은 멋쟁이 영란아줌마가 사는 집이었다. 그리고 건너편에 승리원이라는 중국집이 있었고 그 옆집은 여관이었다. 옹기종기 모여 사는 그 골목에는 여러 사람들이 모여 사는 만큼 이야기도 많았다. 나는 그 사람들과 아이들이 싫어 잘 어울리지 않았고 골목길을 돌아 정릉으로 넘어가는 길까지 걸어 다니며 나만의 이야기를 만들곤 했다.

아버지는 직업군인으로 일주일이나 열흘에 한 번씩 오셨다. 어머니는 우리 형제들보다 외삼촌을 더 위하고 챙기는 편이었다. 늘 인삼을 달여 먹이고 반찬에 신경 쓰곤 했다. 연세대 법대를 다니는 외삼촌은 노래도 잘 부르고 이야기도 잘하는 매우 다재다능한 사람이었다. 나는 삼촌이 검사보다는 배우가 되었으면 좋겠다는 생각을 하곤 했다. 외삼촌은 가끔 어머니를 꼬드겨 영화 구경을 가기도 했는데 나는 꼭 따라가곤 했다. 나가 놀기 싫어하는 나는 외삼촌 방에서 소설책을 가져다 읽기도 하면서 조금씩 문학과 가까워졌다. 소공녀를 읽으며 내가 다른 나라 공주이길 꿈꾸었으며, 동화책과 세계문학 전집과 역사 이야기들이 재미있어 책을 많이 읽었다. 나중에 크면 꼭 세계 일주를 하리라 다짐했으며, 세상 저편 너머에는 무엇이 있는지 궁금해했다.

어머니의 극진한 뒷바라지에도 외삼촌은 계속 고시를 떨어졌고 나 역시 경기여중에 못 갔다. 한쪽 문이 막히면 다른 쪽 문이 열리듯 나는 이화여중·고에 다니면서 나의 학창 시절은 문화와 하나님을 아는 계기가 되었고 자유로운 분위기에서 공부를 했다.

우리 집은 70년대 초 홍대 건너편 청기와 주유소 뒤쪽 서교동으로 이사를 했다. 당시 내가 다니던 이화여대도 가깝고 100평이 넘는 이층 양옥집에 방이 5개나 되었다. 꿈에 그리던 그런 집이었다. 기름보일러라 뜨거운 물이 펑펑 나오는 그 집에는 조그만 연못도 있고 담장에는 붉은 장미가 흐드러지게 피었다. 거실에는 베이지색 소파와 피아노가 놓였으며 커다란 수족관에는 황금 붕어들이 노닐고 있었다.

아버지는 시류를 잘 타서 대령으로 예편하고, 정부 고위 관리직으로 영전했다. 집에는 많은 손님이 드나들며 값나가는 선물 상자들을 놓고 갔다. 나는 갑자기 절절 끓어오르는 방처럼 뜨거워진 집안 분위기가 싫었고 3년 후 학교를 졸업하자마자 결혼을 했다. 평생 여행은 실컷 보내 주겠다는 비행기회사에 다니는 남자였다.

결혼 후 나는 수도 없이 이사를 다녔다. 그때는 6개월이 계약기간이라 집주인이 조금만 마음에 안 들어도 이삿짐을 쌌다 풀곤 했다. 그리고 여행 가방도 한도 없이 많이 메었고 끌고 다녔다. 시간과 여유만 되면 집을 떠났다. 언제나 뭐~하는 셈 치는 마음으로 떠나면 여러 나라들의 풍습과 사람들이 나의 마음으로 들어왔다.

지난여름 나는 딸아이와 살림을 합쳤다. 결혼 43년 동안 쌓아 두었던 많은 책과 옷들과 살림살이를 버렸다. 남편이 아프고 딸아이는 박사 학위 논문 준비로 손주들을 봐주어야 했기에 큰 결심을 했다. 지금 사는 이 아파트는 낡은 아파트지만 다행히 방이 다섯 개다. 방 두 개를 우리 부부가 쓰는데 손주들은 수시로 할미 방으로 쳐들어온다. 고맙게도 매봉산 자락 끝에 있고 나무들이 운치 있게 어울려 아름답다. 산새 소리가 들리고 산책로가 있어 가끔 거닐면 상쾌하다.

어디서 살건 누구와 살건 노년의 삶은 '괴롭거나' 아니면 '외롭거나'라고 한다. 몸은 힘들어도 '괴롭거나'를 택한 나는 주어진 상황에 열심히 살 뿐이다. 나는 힘이 들거나 불편할 때는 혼자 '셈치기 놀이'를 하며 세월을 보내곤 했다. 지인들이 나의 고단한 삶을 걱정할 때면 나는 "전생(前生)에 날라리였나 봐요. 그때 실컷 놀아서 현생(現生)에서 다 갚고 가느라 이렇게 일이 많나 봐요." 하며 너스레를 떤다. 그 말도 셈치기 놀이에서 터득한 나만의 위로법이다. 그러면 좀 덜 불행한 것 같고 희망이 보이는 거 같아서다.

조수미 씨도 TV프로에 나와서 자신의 어릴 적 놀이 '셈치기 놀이'를 소개했다. 물질적으로 풍족하지 않을 때 마치 그것을 소유한 양 가졌다고 생각하고 노는 방법으로 어머니한테 배웠다고 한다. 그럼 마음이 풍족해지고 상상의 나래를 펼치며 행복해졌다고 한다. 그의 이야기를 듣고 있자니 어릴 적 나의 모습이 떠올랐다.

행복감은 의미와 재미가 합쳐질 때 생긴다고 한다. 일생을 되돌아보면 좋은 일과 나쁜 일이 굽이굽이 돌아치는 고갯길처럼 교차되며 지나갔다. 하지만 쉽게 계산해 봐도 세상은 공평하며 질량불변의 법칙 아래 누구나 일정량의 고통은 겪으며 사는 것 같다.

며칠 전 드디어 친손주가 태어났다. 나는 더욱더 바빠질 것 같다.

작약꽃과 술 항아리

외갓집은 부산 서면에서 쌀장사를 하였다. 마당이 넓어서 닭이며 강아지를 길렀고 약간의 과실 나무와 우물도 있었다. 방학이 되면 서울에서 내려간 나는 막내 외삼촌을 따라다니며, 잠자리를 잡고 미꾸라지를 잡으며 자연 속에서 마음껏 뛰어놀았다.

4남 1녀의 맏딸인 어머니는 전쟁이 끝난 직후 육군 중위인 아버지를 만나 서울로 올라갔으니 할아버지는 자랑스러워했다. 그래서 첫 외손녀인 나를 많이 예뻐하셨다.

할아버지는 신기하게도 아이들의 마음을 읽을 줄 알았고, 공부를 많이 하지는 못했어도 세상 살아가는 이치와 사람의 도리를 아는 분이셨다. 어린 나의 말에 귀 기울여 주시며 작은 일에도 칭찬을 많이 해주어, 마치 나는 대단한 능력을 가진 아이처럼 생각되어 우쭐거리곤 했다.

그 당시 중학교는 입시를 치르는 시절이라 공부에 시달려 힘들어도, 할아버지가 계시는 외갓집에 갈 수 있다는 생각으로 이겨낼 수 있었다. 3남 2녀의 맏딸인 나는 늘 모범이 되어야 했는데 어머니는 칭찬보다 꾸중과 질책을 많이 하는 편이었다. 마음이 여렸던 나는 어머니의 꾸중에 혼자 울곤 했었다. 좁은 우리 집과는 비교도 안 되게 넓은 마당과 창고에 가득 찬 곡식들과 가축들이 있어 나는 할아버지 집이 아주 부자인 줄 알았다.

할아버지는 애주가셨다. 항상 반주를 곁들여 마시곤 했다. 그래서 할머니는 부엌에서 늘 술을 빚었다. 술 항아리 속에선 누룩과 고두밥알이 섞여 발효를 하면, 밥알이 동동 뜨고 술 빛깔은 황금색으로 변하며 그윽한 향기를 풍겼다. 술이 익기를 기다리는 동안 항아리에서는 보글보글 노랫소리도 들렸다. 부산에는 생선이 흔해서 밥상에는 큰 생선이 꼭 놓였지만, 할아버지는 술만 마셨고 그것은 항상 내 차지였다.

맛있는 어묵을 먹을 수 있고, 겨울이면 내가 좋아하는 대구알젓과 귀한 돔배기(상어고기) 산적도 먹을 수 있었다. 방학이 끝나 둘째 외삼촌과 서울로 올라올 때면 나는 할머니가 싸 주신 반찬들과 선물을 안고 애달퍼서 울며 기차를 타곤 했다.

그런데 내가 열네 살 되던 해 할아버지는 쉰네 살이라는 나이에 간경화증으로 돌아가셨다. 나는 장례식에는 못 갔지만, 처음으로 죽음이란 슬픈 것이고, 사랑하는 사람과의 이별로 가슴이 미어지는 아픔을 알았다. 온 세상이 허전해져서 더 이상 살고 싶지가 않았다. 마침 그때가 사춘기라서 더 심히 느꼈는지도 모르겠다. 가만히 있어도 눈물이 주르르 흐르는 시간들이 많아졌고, 예민하게 반응하며 모든 일에 짜증을 내곤 했다.

대학을 다니며 수많은 미팅을 해도 나는 상대방에게서 할아버지와 같은 기골이 장대한 외모와 넉넉한 성품을 가진 사람을 찾곤 했다. 무조건적인 사랑과 지지를 해주는 사람, 늘 나를 최우선으로 생각하는 사람을 바라며 잘 따져보지도 않고 결혼을 한다고 했더니 아버지는 노발대발 화를 내셨다, 대학원에 진학하라며 달래기도 했지만 나는 집으로부터 탈출을 원했기에 2월 말에 졸업하고 3월 중순에 결혼을 했다. 친구들과 친지들은 나의 결혼을 의아하게 생각했다. 조건상으로는 누가 봐도 이해가 안 되는 상대였다.

결혼은 무덤이라고 했지만, 현실과 이상 사이에서 나는 점점 '내가 원했던 결혼은 이게 아닌데… 왜 내가 결혼을 했을까?' 하며 힘들어했다. 후회라기보다 근원적인 질문들이 나를 괴롭혔다. 아이를 들쳐 업고 힘들게 식사 준비를 하고 의무감으로 시댁을 방문하는 일들이 너무 힘들었다. 아이들의 양육과 남편을 보필하는 기본적인 문제들이 나를 짓눌렀다. 책 한 줄도 마음

편히 읽기 어려웠고 음악조차 들을 수가 없었다. 다행히 경제적으로는 그리 고생을 하지 않았지만, 남편과 싸움을 하고 이혼한다고 가방을 싼 적도 있었다. 하지만 나는 차츰 세상과 타협하며 편히 사는 법에 길들어졌다.

요즘 나는 웰다잉(well-dying)이란 수업을 듣는다. 죽음에 대한 여러 가지 이론과 마지막을 존경과 존엄을 유지하며 죽는 실천법 등을 공부하고, 마음의 원리와 삶을 되돌아보는 시간들을 갖는다. 이제 '죽음은 또 하나의 삶'이란 생각을 하게 된다.

어느 날 우연히 '타샤 튜더의 ≪정원≫이란 영화'를 보게 되었다. 미국에서 가장 사랑받는 동화 작가인 그녀는 삽화가며 화가로 80년간 100권이 넘는 그림책을 펴냈다. 중년 이후 버몬트주 말보로 산속에서 농가를 짓고 가축을 기르고 정원을 가꾸면서 자연주의를 실천하며 93세까지 살았다. 그녀는 30만 평의 정원을 가꾸며 손수 옷을 만들어 입고 양초와 비누를 만들고 요리를 했으며 여유롭고 한적한 생활을 즐겼다. 타샤는 특히 작약꽃을 좋아했다. 그녀는 "불행하기에는 인생은 너무 짧다."고 말한다.

그녀는 행복한 사람이었으며 맑은 차(茶) 같은 사람이었다. 타샤의 삶을 보고 그린 책을 읽고 영화를 보면 그녀처럼 살고 싶다는 생각을 하지만 나의 현실은 그렇지 못하다.

타샤 튜더처럼 정원에서 작약꽃을 가꾸며 사는 삶이나, 도시에서 부대끼며 바삐 사는 삶이나 누구나 자기의 삶에 충실하다면 훌륭하다고 생각한다. 주어진 환경이나 처한 상황에 따라 도망치지 말고 살아가다 보면 좋은 날도 있고 행복한 날도 있을 것이다. 한 인생을 누군가 한 사람만이라도 기억하고 그리워한다면 성공한 삶일 것이다.

타샤가 작약꽃 같은 이상적인 삶이라면 할아버지는 술 항아리처럼 현실의 삶에서 곰삭은 술 냄새를 풍기며 내 가슴속에 살아 있다.

세 할머니, 이름처럼 살다

편지 쓰는 할머니, 묘연

외할머니는 80세에 돌아가셨다. 관절염으로 고생하시다가 당뇨합병증으로 가셨다. 마지막에는 다리가 코끼리 다리만큼 부어 질질 끌고 다니며 힘들어했다. 할아버지는 반주 없이는 식사를 안 하셨고, 끝내 54세에 간경화증으로 돌아가셨다.

맏딸인 엄마가 결혼해 서울에서 자리를 잡으니 외삼촌들이 우리 집에서 대학교를 다녔다. 그래서 둘째 셋째 외삼촌들과 친하게 지냈고, 우리 집은 정거장처럼 친척들이 머물다 가곤 했다.

할아버지가 돌아가신 후 할머니는 장사를 접고 부산집을 정리하고 올라오셨다. 일하는 언니가 있었지만, 할머니는 늘 오셔서 우리 집 살림을 돌봐주셨다. 엄마는 몸도 약했지만 외향적인 성격 탓에 살림은 뒷전이었다. 아버지가 직업군인인 탓에 전방에서 생활을 하고 일주일이나 열흘에 한 번씩 오시니, 할머니는 주로 우리 집에서 지내셨다. 덕분에 외할머니와의 애정은 돈독했고 할머니가 명절 때 강정이나 설음식을 만들면 신이 나서 옆에서 거들곤 했다. 할머니의 음식솜씨는 뛰어나 소고기 뭇국과 대구알젓, 추어탕은 일품이었다. 나중에 결혼을 하고 나는 할머니의 뭇국을 흉내 내보려 했지만 그 맛이 안 났다.

묘연(妙燕)이라는 이름의 외할머니는 옛사람답지 않게 이름이 예뻤다. 외모는 전형적인 한국 여인상으로 희생적이고 따뜻한 분이셨다. 할머니는 글씨를 몰랐다. 그래도 숫자는 외워서 버스를 타고 다니셨지만, 같이 살던 셋째 외삼촌이 라스베가스로 이민을 가신 후 아들한테 편지를 쓰기 위해 결혼한 나를 찾아오시곤 했다. 그래서 우리 딸은 〈편지 쓰는 할머니〉라고 부르곤 했다. 늘 앞가르마를 타고 쪽머리를 얌전히 고정시키고 비녀를 꽂았고 한복을 곱게 입고 다니셨다. 특히 외손녀인 나를 많이 예뻐해 주셨고 엄마보다도 더 많은 이야기를 나누곤 했다. 절에 열심히 다니셨지만, 나중에 천주교인이었던 간병인을 만나 세례를 받고 마리아란 이름으로 장례미사를 올리고 돌아가셨다.

왕할머니, 소옥

엄마는 나이가 93세다. 정신이 말짱하셔서 아직도 돈 관리를 직접 한다. 나보다 경제 관념이 더 철저한 엄마는 한 푼이라도 더 비싼 이자를 주는 은행을 골라 다닌다. 5남매의 맏딸로 친정 남동생 넷을 거두었고, 우리 5남매를 기르느라 고생하셨다.

욕망이 컸던 엄마는 특히 교육열이 높아서 우리를 다그치곤 했다. 일류 인생이 되길 원했고, 더 나은 미래를 위해 투자를 아끼지 않는 분이시다. 대학을 나오지 못한 탓에 늘 공부에 대한 한이 있었다. 성품은 겨울바다처럼 찬 냉기가 도는 것 같았지만 내면에 불같은 성정을 안고 사는 분이었다. 55세에 아버지를 여의고 혼자 긴 세월을 자식만을 보듬고 희생하셨다.

난 엄마를 여자로 이해하는데 40년의 세월이 흘렀다. 외모도 외할아버지를 닮아 서구적으로 생겼고 체격도 훌륭해서 여리여리하고 소심한 나와는 사뭇 달랐다. 늘 엄마를 보면 주눅이 들곤 했다. 소옥(小玉)이라는 이름과 달리 늘 마음은 넓었고 친구들 사이에서도 리더였고 다혈질이었다.

엄마는 선병질적인 나를 보면 답답해했다. 불같이 화를 냈지만 뒤끝은 없는 분이셨다. 그러나 나는 상처를 많이 받았고 그런 엄마를 용서하고 받아들이는 것이 힘들었다. 자기 자식보다 외삼촌들을 더 위하고 챙기는 것이 이해되지 않았다. 나중에 물어보니 동생들이 출세하면 자신을 꽃가마에 태워 위해줄 것 같아 그렇게 했다는 것이다. 옛날에는 맏딸은 살림 밑천이라는 말에 충실했던 삶을 살아온 분이다. 아버지와 정은 그리 깊지 않았지만, 홀로된 후 아버지를 많이 그리워하시는 것 같았다. 아직도 아들에 대한 정은 깊고도 깊어 구순이 지난 지금도 아침에 염주를 돌리며 자식들의 안녕을 위해 기도하는 분이다.

기분이 좋거나 돈을 많이 번 날은 불고기 파티를 하곤 했다. 식구가 많았던 우리 집은 늘 5근을 사야 한 끼를 먹을 수 있었다. 그래도 어머니 덕분에 형제들은 많은 혜택을 누리고 살았다. 가끔 어머니 이름이 대옥(大玉)이었으면 더 큰 일을 하셨을 텐데, 라는 생각을 하곤 했다. 우리 아이들은 친정어머니를 왕할머니라고 부른다.

키 작은 할머니, 훈모

나는 지금 72세다. 언제 그렇게 나이를 먹었는지 세월은 빠르게 흘러갔다. 손녀 손자가 셋이다. 외할머니나 우리 엄마보다 공부도 많이 하고 더 나은 삶을 살아야지 했건만, 여전히 가족들에게 매여 산다. 자투리시간도 아까워 늘 무언가를 만들고 공부하고 싶어 하지만, 끝까지 해내지는 못한다. 지구력과 뒷심이 부족해서다. 바둥거리고 살았건만 뭔가 이루어 놓은 것도 없으니 이력서란에 쓸 게 없다면서 허무해서 우울해한 적도 있다. '말년은 공기 좋은 양양에서 전원생활을 하며 살아야지.' 계획을 세웠는데 남편이 덜컥 알츠하이머병에 걸려 내 발목을 잡았다.

딸 역시 뒤늦게 학위를 딴다고 아이들을 맡겨서 황혼육아에 60대를 보냈다. 아픈 남편 뒤치다꺼리와 손주들 돌보느라 강남 한복판에서 복닥거리며 살고 있다. 한때 우울증에 빠져 눈물로 세월을 보내기도 했지만, 이제는 주어진 내 순명을 받아들이며 살고 있다. 아버지가 아들인가 싶어 지어준 훈모(勳謨)라는 이름이 싫었지만 늙어서 보니 그런대로 무게가 있어 보여 좋아하기로 했다.

남들이 보기에 순탄한 세월을 보낸 것 같지만, 내 마음속에는 늘 용암이 하나 끓고 있었다. 용암은 늘 위험하게 나를 공격했다. 가슴에 불덩어리 하나 안고 아슬아슬하게 견디며 살아왔다. 언제나 평온해질 수 있을까, 손자들은 자기 친할머니가 키가 크신 분이라 나를 키 작은 할머니로 부른다. 나중에 손주들은 나를 밥이라고 생각할 것 같다. 눈만 뜨면 "할머니 밥 줘." "뭐 먹지?"하고 졸졸 따라다닌다.

나는 2006년 개종하여 교회에 다닌다. 주님을 가슴속에 품고 가족과 나라를 위해 기도한다.

새벽 3시

오늘도 날밤을 보내야 할 모양이다. 정신은 명료해지고 생각이 꼬리를 물고 날아다닌다. 젊었을 때는 사흘 밤을 새우고도 거뜬했는데, 육십 고개를 넘고 보니 다음날 몸이 말을 안 듣는다. 새벽 3시까지도 잠을 못 이루면 내일을 생각하여 약을 먹을지, 생각을 계속할지 아니면 책을 계속 읽을지, 그때 가서 정한다.

눈을 감고 있어도 생각이라는 녀석은 나를 붙잡고 놓아주지 않는다. 그럴 때는 차라리 기억장치 속의 이 느낌을 즐기기도 한다. 잡힐 듯 말 듯, 들락날락하는 생각들의 끝자락을 사랑하기도 한다.

요즈음 나의 머릿속을 지배하고 있는 것은, 인간의 고통에 대한 문제들이다. 고통이라는 단어는 떠올리기만 해도 통증이 느껴지는 것 같다. 정신과 육체는 불가분하게 연결되어 있으니 마음이 아프면 몸도 따라 아프다. 니체는 그의 인생에서 장기간 병과 두통에 시달리며 아픔을 삶의 의미라고 했다지만, 나는 아픔이 생인손 앓을 때처럼 신경이 거슬리고 괴롭다.

아우슈비츠 생존 작가 프리모 레비가 쓴 기록 ≪이것이 인간인가≫에 이런 말이 있다. 인간의 본성에 따르면 슬픔과 아픔은 여러 가지를 동시에 겪더라도 우리의 의식 속에서 전부 더해지는 것이 아니라, 정확히 원근법에 따라 최근 것이 크고 과거의 것이 작아진다고 한다. 이것이 신의 섭리이며 그래서 그들이 수용소에서 살아갈 수 있었다는 것이다. 사람들은 대부분 불행이 닥치면 처음에는 두려움과 불편을 호소하지만, 차츰 무뎌져 포기하고 참아낸다. 의식적으로 체념하고 아픔을 느끼지 않을 정도가 되면 길들어진 짐승들처럼 감각이 마비된다고 한다.

작년 여름 친한 친구 Y의 죽음도 그렇게 나에게 다가왔다. 그동안 많은 육친과 친구들이 내 곁을 떠났지만, 갑자기 다가온 그녀의 죽음은 감각을 잃은 짐승처럼 나를 몰아쳤다. 열흘간의 독일 여행을 마치고 돌아온 후 밀린 일들을 처리하느라 바빴던 나는 그녀의 상태가 악화되어 입원해 있다는 소식을 듣고도 찾아가지를 못했다. 바이마르에서 산 부채선물도 전해주지 못했는데…. 그녀는 생에 대한 애착이 강했고 열정도 많고 화려해 보여도 속이 여린 친구였다.

화장터와 납골당에서 마지막 인사를 하고 돌아오는 내내 회한과 슬픔에 울음이 울컥울컥 올라왔다. 5년 동안 생존율이 20%밖에 안 된다는 췌장암 수술을 받고 힘든 항암치료를 받으며 2년 반을 잘 버티고 있었는데, 안타깝게도 그렇게 가버리고 말았다. 70세까지만 살게 해 달라고 신께 그렇게 기도했건만 무참하게도 떠났다.

오랫동안 잠을 이룰 수가 없었다. 한의원에 갔더니 만성피로라며 잠을 푹 자라고 하지만 자려고 누워도 잠이 오지 않는다. 밤을 하얗게 지새우고 나면 눈은 뻑뻑하고 뒷골이 당기고 아프다.

하지만 일상의 나에게 주어진 일들이 기다리고 있어 편히 쉬기도 어렵다. 어린 손주와 아픈 남편이 내 손길을 기다리고 있다. 요양원에 계시는 시아버님도 가끔 찾아뵈어야 한다. 나를 힘들게 하는 기억들은 가능한 잊으려 노력하지만 절망감이나 불안감, 두려움 등이 덮쳐오면 나 자신이 너덜거리는 걸레 조각처럼 느껴진다.

나는 힘들고 슬플 때마다 성서의 욥을 생각한다. “주님, 왜 이런 아픔을 나에게 주시나요, 어디에 계십니까.” 아무리 기도를 해도 신은 대답이 없다. 욥과 같이 흠이 없고 정직한 사람도 이유 없이 전 재산을 날리고 열 명의 자식까지 잃었다. 온몸이 피부병에 걸려 길거리에 주저앉아 기왓장으로 몸을 긁는 신세가 되었다. 하지만 신은 더욱 혹독하게 욥을 다그친다. 그리고 "무식한 말로 나의 뜻을 어둡게 하는 자가 누구냐." "내가 땅의 기초를 놓을 때 너는 도대체 어디에 있었느냐."라고 묻는다.

캄캄한 밤을 사는 사람들에게 욥기는 위로를 주기도 하고 그의 절망에 공감이 가기도 하지만 고통의 신비를 느끼게 한다.

인간은 자신들이 모든 것을 조정한다고 착각하지만, 유한성에서 벗어날 수 없다. 지극히 순간의 삶을 살다 갈 뿐인 인간이 '하늘의 이치'를 대면하고 '무지'를 회개할 때, 신은 비로소 우리를 용서해 주신다. 고난과 절망의 어두워진 틈새로 신의 손길은 빛으로 스며든다.

나는 친구의 죽음에 대한 고통도 차츰 무뎌지기를 기다린다. 인간 생사의 문제를 내 작은 힘으로 어찌할 수 없음을 안다. 그런데 요즈음에는 시끄러운 나랏일도 잠을 쫓는다. 애국자도 아니건만 뉴스를 듣다 보면 저절로 하늘을 우러르게 된다. 과연 신은 계신지, 맨정신으로 살아내기가 힘들다. 일곱 살짜리 손녀가 나에게 묻는다. "할머니 왜 저 사람들은 촛불을 들고 서 있어?" 대답해 줄 말이 없다.

나라는 어지럽고 힘없는 국민들은 갈피를 잡기 힘들다. 당장

북한에서 미사일이 날아올 것만 같다.

새벽 3시가 넘었다. 하얀 알약이 유혹하고 있다. 어쩔 수 없이 내일을 생각하며 약을 먹는다.

호야꽃을 바라보며

기다리던 호야꽃이 드디어 도착했다. 여성문인회 사무실에서 처음 그 꽃을 보았을 때 나는 조금 놀랐다. 전혀 어울리지 않을 것 같은 곳에 수줍은 듯이 매달려 있는 꽃을 보니 신기했다. 향기를 맡아보니 보기와 달리 달콤하다.

이사장님은 '천사의 날개'라는 꽃이라고 말해주며 좋은 일이 생길 것 같다고 애지중지하신다. 나는 사진을 찍어서 화원을 하는 지인에게 보내서 구해달라고 하였더니 호야라는 꽃이라고 알려주었다. 찾아보니 다년생 초본으로 넝쿨성이라 길게 늘여 뜨려 키우기도 하는 공기 정화식물이다. 주로 줄기 끝에 연분홍 꽃이 피는데 가운데 꽃술자리에 애기 별처럼 빨간 꽃이 달려 있다. 작은 꽃들이 모여 한 송이 공 모양을 하며 줄기를 따라 계속 그 자리에 핀다. 수줍은 듯한 모습이 화려하지는 않아도 귀엽다. 꽃말은 '아름다운 사랑, 고독한 사랑'이란다. 하지만 꽃을 보려면 2-3년은 묵은 줄기가 있어야 꽃눈이 달려서, 보기 싫다고 길쭉한 줄기를 자르면 꽃을 볼 수 없다고 한다. 햇볕을 좋아하지만 다육식물이라 물을 너무 많이 주어도 안 된다.

나는 호야꽃을 물끄러미 보고 있자니 딸이 생각났다. 뒤늦게 박사 공부를 시작한 딸은 두 아이를 데리고 애를 쓰고는 있지만 성과가 보이지 않는다. 육아와 공부에 지친 딸은 나에게 투정을 부린다. 옆에서 도와준다고 하지만 자신이 받는 스트레스를 어찌 어미가 다 알겠냐마는 나도 애를 쓰는데 그러니 어이가 없고 섭섭하다. 어미가 할 수 있는 것은 조그만 기도와 곁에 있어 주는 것밖에 없으니 딱하다. 이번 논문이 학술지에 실려야 박사 논문이 통과된다고 하는데 안 되었다며 울고 있는 딸을 보니 가슴이 아프지만 어찌할 수가 없다. 무심히 한 말 한마디에 상처받고 괴로워하는 딸을 보며 덩달아 나도 불행한 것 같고 우울하다.

자식은 전생의 빚쟁이라고 하더니 가슴이 답답하다. 지난주 며칠을 그렇게 보냈다. 비까지 오락가락하며 습한 기운이 온몸을 감싸고 내 몸을 짓눌렀다. 그러다 우연히 TV에서 모가댓을 만났다. 모가댓은 공학자이며 구글의 협력연구팀장으로 성공한 사람이다. 그러나 21살 된 아들아이를 의사의 실수로 잃고 방황

한다. 아들이 죽으며 "아빠, 이제까지와는 다른 삶을 살며 다른 사람에게 베풀면서 행복하게 사세요." 하는 유언대로 그는 행복과 불행에 대해 연구한다. 그는 사람들은 성공해서 행복한 것이 아니라 행복해지면 성공이 온다고 말한다. 지금 이 순간이 행복해야 내가 행복해진다고 말한다.

우리 뇌는 긍정과 부정, 불행과 행복 사이에서 혼란스러워하며 명확한 사고를 못 한다고 한다. 그래서 우리는 행복해지려면 생각을 중단하고 탈출해야 하며 다양한 경험과 생활 중에 재미를 가지고 자신을 만들어 가야 한다고 말한다. 이 행복론이 널리 퍼져서 사회가 행복해져야 한다고 그는 말한다. 나는 그의 강의를 들으며 즉시 우울하다는 생각을 중단했다. 살면서 여기저기 우리에게 발생하는 사건들을 우리가 바꿀 수는 없다. 기대치를 낮추고 살아있음에 감사하고 두려움을 이기고 나아가면 족할 것이다.

나는 딸아이에게 문자를 보냈다. "건강만 하면 다시 시작하면 된다. 네가 지금 쓴 논문이 나중에 다른 학술지에서는 좋은 평을 받을 거다. 조급해하지 말고 천천히 초심으로 돌아가 다시 하면 된다. 지금은 아무 생각 말고 좀 쉬어라."

호야꽃은 2~3년은 기다려야 겨우 꽃을 볼 수가 있다. 자식을 키우는 것은 나무를 키우는 것과 같다. 부모들은 기다려 주어야 한다. 햇볕을 쏘여주고 물을 주고 비뚤어진 가지를 잘라내지 않고 기다려야 꽃을 볼 수 있다. 교육이라는 미명하에 부모가 비뚤어진 가지들을 마구 쳐내지는 않았는지… 아름답게 고독하게 사랑해야 그 달콤한 향기를 맡을 수 있고 하얀 별꽃을 만날 수 있다. 나는 꽃 속에 꽃을 품고 있는 호야꽃을 마냥 하염없이 보며 딸아이가 그동안 나에게 주었던 기쁨에 대해 생각한다.

자식은 5살 때 유치원에서 돌아와 아빠 등을 고사리손으로 두들기며 안마해주며, 노래를 불러준 것만으로 일생의 효도를 다 한 것이라고 한다. 자식에게 집착하고 기대하면 부모는 더 큰 상처를 받는다. 나이가 40이나 된 딸이 아직도 가슴속 어린아이처럼 시샘을 하고 투정하는 모습을 보며 언제나 철이 들려나 싶다가도 나 역시 그 나이 때 엄마의 사랑을 확인하려고 서운해하고 투정하던 모습이 떠오른다. 부모 자식 간의 고독한 사랑은 어찌할 수 없는 것 같다.

베란다에서 추울까 싶어 거실로 들여온 호야 분을 바라보며 언제 꽃을 피우려나 상상해본다. 한번 피기 시작하면 매년 그 자리에 어김없이 꽃을 피운다니 인내심을 갖고 기다려 본다. 호야꽃은 그 모습이 진정 내 딸을 많이 닮았다. 자그마하고 귀엽고 새초롬하지만 꽃술에 품은 작은 별꽃을 가득 안고 기쁨을 주는 존재 그 자체로 흡족하다.

'천사의 날개'라는 별명처럼 보고 있으면 큰 사랑을 품고 우리의 죄를 다 사하여 줄 것 같은 생각이 든다. '어머니'라는 말만 들어도 눈물이 나는 나이가 되었듯이 이제 나에게 자식은 존재만으로 기쁨을 준다.

로망스

무대를 비추는 조명 빛이 따뜻하다. 두근거리는 가슴을 안고 조심스럽게 중앙으로 나간다. 무대 앞 사람들이 보이지 않는다. 의자 위에 앉아서 심호흡을 한다. “라라라 라라라 라라라” 손가락들이 현 위에서 춤을 춘다. 나도 모르게 장단에 맞춰 발가락을 까닥거린다. 앞이 보이지 않는다. 연주가 끝나고 사람들의 박수 소리에 정신이 든다.

지난밤 꿈속에서의 장면이다. 꿈속에서처럼 연주를 잘할 수 있으면 좋으련만.

19세기 말(1879년) 사탕수수 농장에서 일하기 위해 스페인 포루투갈 이주민들이 호놀룰루항에 도착했다. 그들을 위해 2주 동안 축제가 열렸는데 그때 연주된 악기가 기타, 벤조, 그리고 포루투갈 전통 악기인 브라기냐였다. 그 후 이 악기의 모양을 본 따서 '마누엘누네스'라는 사람이 하와이 자생나무인 코아로 만들었다고 한다. 우크(uku)는 벼룩, 렐레(lele)는 튄다라는 뜻이다. 마치 벼룩이 톡톡 튀는 모습이 연상된다. 맑고 밝은 소리가 나는 악기인데, 크기와 형태가 다양하고 4개의 줄에 따라 소리도 다르다. 여자들과 어린이들이 소프라노 우쿨렐레를 많이 사용하고 노래 반주에도 적합하다. 짧은 시간에 다양한 연주와 장르의 노래를 반주할 수 있어 많이 즐기는 모양이다.

나는 젊었을 때 〈로망스〉라는 기타곡이 아름다워서 기타를 배우려고 한 적이 있었다. 70-80년대 좋은 노랫말과 통기타 음악이 유행하던 시절이라 배우고 싶어 시도했지만 결국 실패하고 말았다. 기타는 내 체구에 비해 커서 들고 다니기도 힘들었고, 손가락이 짧은 나에게 적당하지 않은 악기였다. 그런데 우연히 우쿨렐레를 만나게 되었다. 텔레비전 광고에 김연아 선수가 우쿨렐레를 메고 "잘생겼다. 잘생겼다." 노래를 부르는 장면이 나오는데, 처음에 나는 그 악기가 무엇인지 몰랐다. 내가 우쿨렐레를 들고 시내버스를 타면 어떤 아주머니는 배드민턴을 치고 오냐고 하면서 아는 체를 하기도 했다.

그를 처음 안았을 때 작고 가벼워서 잘할 수 있을 것 같았다. 그런데 왼손의 손가락은 정확한 현을 눌러야 하는데 자꾸 옆의 줄을 건드리고, 오른손 엄지, 검지 중지로 줄을 튕겨야 하는데 잘 쳐지지가 않았다. 자꾸 끌어안으려고 하면 미끌어지고, 너무 힘을 주면 도망쳤다. 단단히 붙잡으려니 어깨에 힘이 들어가고 손목이 아프다. 처음 배우는 C코드 G7코드로 〈나비야〉 〈작은 별〉 〈고향의 봄〉 등을 연습하는데 겨우 비슷하게 맞추었나 싶더니 이번에는 박자가 문제다. 4/4박자, 3/4박자, 6/8박자 만만치가 않다. 자꾸 엇갈리는 박자를 쫓아가며 연습을 하지만 등에서 땀이 난다.

10분씩이라도 꾸준히 매일 연습하라는 선생님의 말씀이 있지만 잘되지 않는다. 그렇게 3개월이 지났다. 순정만화 주인공처럼 생긴 여선생님은 회원들 하나하나 손끝을 잡아주며 지도를 해주지만 쉽지가 않다. 하지만 선생님의 의지와 이끌림에 다시 연습을 한다.

요즘은 초급반이 지나서 가곡을 배운다. 이제야 조금 알 것 같다. 그는 강하게 칠 때와 부드럽게 칠 때를 정확히 구분한다. 무작정 세게 친다고 소리가 나는 것도 아니고 살살 다룬다고 음이 나오는 것이 아니다.

나는 연습을 하기 전에 그에게 말을 건다.

"애야 내가 좀 못 쳐도 양해를 해주렴. 다시 해 볼게. 조금만 기다려 줘."

그는 아는지 모르는지 그저 묵묵부답이다. 하지만 내가 시간을 투자하고 애를 쓰는 만큼 소리를 내준다. 코드를 잡는 내 왼쪽 손가락들이 조금씩 자유로워지면서 오른손 엄지와 검지도 같이 춤을 추듯이 움직인다. 손톱 위에 1번 2번 이렇게 번호라도 적어야 잊어버리지 않을 것 같다. 기본적인 손놀림을 익히기 위해 연습을 한다. C-Am-F-G7-C를 연속으로 쳐본다.

활쏘기의 동작은 머릿속의 생각을 몸으로 구현하는 것이라는 말을 들었다. 사소한 몸짓 하나의 실수가 화살이 날아가는 과정에서 과녁을 벗어난다. 모든 동작 하나하나에 온 마음을 집중시키는 훈련을 해야만 정확히 과녁을 맞춘다고 한다. 그러기 위해 기술이 직관적으로 구사할 수 있도록 연습하고 연습한다고 한다. 직관이란 천성적으로 이해하는 것으로 사고의 감정을 느끼지 않고 그 이미지의 원본 패턴을 감지하는 것이다. 직관이란 타성과는 다른 것으로 기술을 초월하는 마음의 상태다. 모든 움직임이 자연스러운 일부가 되어야 하고 그 경지에 이르기 위해서 연습과 반복만이 필요하다. 활쏘기와 악기를 연주하는 것은 비슷한 점이 많은 것 같다.

내가 우쿨렐레를 시작한 또 다른 이유는 아픈 내 친구를 위해서다. 병마와 싸우고 있는 그 친구를 위한 공연을 해주고 싶은 마음에서다. 친구랑 같이 눈물을 흘리며 살아있음이 승리하는 것이라고 말을 했지만 얼마나 막막하고 슬플지 알기 때문이다.

슬픔을 눈물로 희석하면 무슨 색깔이 될까? 음악은 치유하는 기능이 있으니까 분명 멋진 해답을 줄 것 같다.

친구를 위해 〈로망스〉를 멋지게 연주하기 위해서 오늘도 나는 열심히 그를 안는다. 처음 이주민들이 축제를 하며 두려움에서 벗어나기 위해 열심히 연주했듯이, 오는 봄날에는 내 우쿨렐레 소리가 널리 퍼졌으면 좋겠다.

옛 사진들 안의 기억들

옛 사진첩

살림을 정리하다 보니 한 묶음의 사진이 나왔다. 어느 때부터 앨범 정리를 안 하다 보니 사진이 여기저기 나뒹굴기도 하고 서랍 한 귀퉁이에서 잠자고 있기도 했다. 1985년 과천에 처음 집을 짓고, 그해 설날에 찍은 사진들인 것 같다. 돌아가신 시부모님과 시형제들 그리고 시어머니와 큰 시할머니 작은어머니 등 이제는 모두 돌아가신 분들이다.

아이들 사진도 나왔다. 딸아이 4살 때 꽃무늬 원피스 입고 찍은 사진, 아들아이 초등학교 졸업식 사진 등 그리고 친정 부모님 사진도 있다. 아직 어머니는 구순을 넘기고 살아 계시지만 아버지는 벌써 고인이 되신 지 37년이 넘었다. 나 역시 30대라서 그런지 젊고 날씬하다.

이런저런 상념에 젖어 있는데 딸아이가 제 사진을 보더니 "충격적으로 못생겼네, 하하" 하며 웃는다. 자신이 기억하는 것보다 촌스러운가 보다. 남편도 젊고 패기가 있어 보인다. 미국 출장 가서 동료들과 그랜드캐니언을 배경으로 찍은 사진을 보니 새삼스럽다.

시간은 훌쩍훌쩍 뛰어넘어 추억을 만들고, 바람은 기억을 날려 보냈다. 젊은 날에는 모든 것이 분명하고, 확실한 것이 좋았는데 살다 보니 확실한 것은 없었다.

금자네 스튜디오에 가다

책머리에 넣을 사진을 고르려다 보니 제대로 찍힌 사진이 한 장도 없다. 늙었다고 생각한 후부터 선글라스를 끼고 사진을 찍어서다. 그리고 눈이 아프고부터는 사진을 찍는 순간마다, 눈을 감고 있다.

고민 끝에 제대로 된 사진 한 장을 건지려고 이리저리 궁리를 하다, 프로필 사진을 찍기로 했다. 알아보니 탤런트나 모델들이 찍는 곳은 30~40만 원씩 한다고 한다. 마침 동네 뒤편에 마땅

한 곳을 찾았다. 작은 곳인데 100컷을 찍고 마음에 드는 것을 고르면 1장당 22,000원을 주면 된단다.

예약한 날 마침 비가 주룩주룩 내려서 사위가 데려다 주었다. 3~4평정도 되는 공간에 간단한 조명시설을 해놓고 사진을 찍었다. 포즈를 요구하는 대로 하는 것이 무척 어색했지만, 순식간에 옷을 바꿔 입어가며 130컷을 찍었다. 그 자리에서 사위와 같이 20장을 고르고 다시 수정할 것 3장을 골랐다.

사진은 메일로 보내 주며 인화는 해주지 않는다고 한다. 그날 밤 수정해서 온 사진을 보니 눈이 왜 그리 슬퍼 보이는지 나중에 영정사진으로 쓰려고 했는데 다시 환하게 웃으며 찍어야겠다.

사진은 거짓말을 못 한다. 아무리 미소를 짓고 찍어도 나의 마음이 들킨 것 같다. 이제는 사진을 보고 죽음을 생각하고 정리하는 것을 느끼는 나이가 되었다.

거제수나무처럼

나는 산길을 걸으며 나무들을 올려다보며 생각에 잠긴다. 사람들은 어떤 일을 결정할 수 없을 때 고민을 하지만, 막상 때가 되면 저절로 잘되겠지 하는 희망을 가진다고 한다. '잘 될 거야.' 하는 긍정의 힘으로 위안을 얻는다고 한다.

육아휴직으로 직장을 쉬었던 딸이 다시 회사를 출근하게 되었다. 그동안 돌봐주던 손주가 24개월이 넘어 어린이집에 등원하여 조금 여유가 생겼는데 회사 일이 바빠지니 딸이 살림을 합쳐서 같이 살자고 한다. 아직 박사학위 논문이 남아있어 정신적으로 바쁜 딸은 조금 더 돌보아 주기를 바란다.

어쩔 수 없는 사정을 알지만, 선뜻 그러자는 대답을 할 수가 없다. 주위에 조언을 구해보아도 다들 반대를 한다. 지금처럼 아래위층에서 살면서 돌봐주라고 한다. 남편도 아프고 98세인 요양원에 계신 시아버님도 들여다봐야 하는 처지여서 많이 망설이게 된다. 이 궁리 저 궁리를 해도 해답을 얻을 수가 없다. 한 달 넘게 잠을 못 자고 궁리를 해보지만 뾰족한 해답이 없다.

어느 날 가만히 의자에 앉았다. 촛불을 켜고 홀로 나 자신과 많은 이야기를 나누었으나 결정할 수가 없고 갑자기 서글픈 감정에 눈물이 났다. 노년의 삶은 대체적으로 '외롭거나 아니면 괴롭거나'라고 한다. '병마에 시달리거나 아니면 자식들 문제로 괴롭거나 또는 경제적으로 힘들거나.'라고 한다.

자식들 출가시키고 부부만 남게 되면 여행이나 다니며 인생을 즐겁게 보내야지 하고 생각하지만 뜻하지 않은 사고나 병으로 사별하고 홀로 남게 된다. 혹은 부부 사이가 안 좋아 졸혼이나 황혼이혼을 하기도 한다. 그러다 외로움과 우울증에 걸려 간혹 고독사(孤獨死)를 했다는 뉴스에 섬뜩하다. 우리의 삶은 과연 어떻게 흘러갈지 아무도 알 수가 없다. 산 위에서 시원한 바람이 분다. 큰 나뭇등걸에 기대어 가만히 눈을 감고 나무들의 이야기를 들어 본다.

거제수나무는 해발 700미터가 넘는 높은 산에 군락을 이루고 산다. 능선보다는 바람막이가 되고 땅 힘이 있을 만한 경사가 급하지 않은 계곡을 좋아한다. 작게는 30~40그루, 많게는 수백 그루가 무리 지어 살고 있다. 불을 때면 '자작자작' 소리를 내면서 탄다고 자작나무로 불리기도 한다. 또 4월 말이나 5월 초 곡우 때가 되면 줄기에 구멍을 뚫고 수액을 받아 약용으로 마신다. 고로쇠 수액과 같이 몸에 병이 없어지고 오래 산다고 알려져 있다. 멀리서 보아도 금방 눈에 띄는 거제수나무는 수피가 황갈색을 띠고 있어 한자로는 황단목(黃檀木)이라고 불린다. 껍질을 벗겨 종이처럼 글을 쓰기도 했고 목재는 단단하여 가구나 합판 등을 만든다. 해인사의 팔만대장경의 일부 작품에도 쓰였다는 기록이 있다.

그런데 거제수의 자람의 방식은 혼자가 아니라 형제자매를 주위에 거느리고 함께 터전을 잡는다고 한다. 소나무나 전나무는 철저하게 자기들끼리만 살아가려고 다른 나무가 들어오면 엄격히 통제해 죽이는데 거제수나무는 동족들 사이사이에 사촌 나무처럼 물박달나무 사스레피나무 물푸레나무 산벚나무 등 족보가 한참 멀어도 탓하지 않고 품에 넣어준다. 무리는 이루지만 이웃과 함께 살아가야 한다는 평범한 진리를 잘 알고 있는 것 같다. 그 나무를 보고 생각해 보니 나의 거취가 보인다.

나는 딸과 살림을 합치리라 결심한다. 아직 조금이나마 능력이 있고 나의 힘을 필요로 하는 자식을 위해 기꺼이 '괴롭거나'를 선택하려고 한다. 꽃말도 '당신을 기다립니다.'라고 하니 마치 내 모습을 보는 것 같다.

차를 마셔도 음악을 들어도 책을 읽어도 결정되지 않았던 생각들이 정리된다. 산길을 내려오는 내 발걸음이 빨라진다. 초저녁에 제일 먼저 뜬 별처럼 부지런히 움직인다.

시간은 빠르게 지나갈 것이다. 나는 시간을 헤아리지 않으려고 한다. 무한한 시공간이 내 앞에 펼쳐져 있다. 뿌연 하늘 저 끝에 하얀 구름이 조금씩 얼굴을 내밀고 있다. 누구라도 품고 잘되겠지 하는 거제수나무처럼 앞으로 살아보련다.

고통의 삶, 치유와 희망의 글쓰기

– 정훈모의 작품 세계

한 혜 경

명지전문대 교수, 문학평론가

1. 호흡기로서의 글쓰기

한 편의 글이 갖는 힘은 놀랍다. 글을 읽으며 알지 못했던 사실을 인식하기도 하고 외로웠던 마음이 훈훈하게 데워지기도 한다. 의지할 곳 하나 없어 삭막했던 세상이 순간 살만한 곳으로 변해 다시 살아갈 힘을 얻기도 한다.

글은 글 쓰는 이에게도 힘이 된다. 글을 쓰면서 자신을 돌아보게 되므로 자신과 주변을 성찰하게 된다. 더불어 다른 삶에도 관심을 갖게 되므로 시야가 확장된다. 또 밖으로 발산하지 못하는 이야기를 글로 풀어내기도 한다. 글로 풀어낸다고 해서 괴로움이 사라지는 것은 아니지만 괴로움을 응시함으로써 견디는 힘을 얻는다. 이로써 글쓰기 자체가 힘겨운 날들을 견디게 하는 처방이 된다.

정훈모의 수필집 ≪푸른 빛깔은 늘≫[1]은 이런 글쓰기의 힘을 새삼 확인하게 한다.

〈책머리에〉에서 작가는 “8년 동안 나를 힘들게 했던 자잘한 병고와 남편의 투병 생활, 그리고 육아로 힘들었”음을 고백하면서, 이에 대한 단상들과 깨달음을 기록한 글들임을 밝힌다. 힘겨운 시간, “글을 쓰며 많은 위로를 받고 치유”되었으므로, 작가

---

1) ≪푸른 빛깔은 늘≫(선우미디어, 2022)은 작가의 두 번째 수필집이다. 모두 41편의 글들이 네 가지 색채의 소제목으로 나뉘어 묶여 있는데(푸른, 빛깔/ 하얀, 향기/ 보라, 정원/ 붉은, 로망스) 전체적으로 푸른 빛에 대한 글들이 가장 많으므로 작가의 지향점을 읽을 수 있다.

에게 수필은 '숨을 쉬게 하는 호흡기 같은 것'이라 할 수 있다.

동시에 ≪푸른 빛깔은 늘≫은 제목 그대로 푸른 빛을 향한 염원의 기록이기도 하다. 힘겨웠던 날들의 기록에 그치지 않고 70이 넘은 나이에도 놓을 수 없는 꿈을 향한 기록인 것이다. 푸른 하늘 위 펄럭이는 깃발이 '소리 없는 아우성'을 표상하듯이, 정훈모의 글들은 희미하지만 분명하게 존재하는 꿈, 푸른 시절에 대한 향수와 더불어 푸른 시절로의 귀환을 꿈꾸는 소망을 담고 있다.

그리하여 정훈모의 글은 "세상에 의지할 한 사람도 없다고 느낄 때 희붐한 불빛을 따라 천천히 일어"선 자의 이야기이면서 여전히 꿈을 포기하지 못하는 이상주의자의 눈물겨운 고백이다.

2. 삶, 예상과 다른

정훈모는 부모의 적극적 지원을 받으며 큰 어려움 없는 환경에서 성장했다. 군인인 아버지와 교육열이 강한 어머니 밑에서 3남 2녀 중 맏딸로 이화여중·고와 이화여대를 졸업한다. 당시 기준으로 본다면 상위 10% 이내의 부러움을 살 만한 환경이었다고 할 수 있다.[2]

그러나 작가는 "집이 싫었다"고 회상한다. 동생들과 같이 방을 쓰는 게 싫었고 초등학교 4학년부터 받아야 했던 과외가 힘

---

2) 〈인적자원 개발백서〉에 따르면, 1970년 여성의 중고 진학률은 70% 미만이고 대학진학률은 28.6%에 불과했다.

들었고,[3] 같은 골목길의 사람들도 싫어 어울리지 않았다.(〈셈치기 놀이〉) 22살 때 이사간 100평이 넘는 이층 양옥집은 '꿈에 그리던 그런 집'이었음에도 "갑자기 절절 끓어오르는 방처럼 뜨거워진 집안 분위기가 싫었"다.[4]

작고 마른 체형에 선병질적이며 마음이 여렸던(〈세 할머니, 이름처럼 살다〉 〈작약꽃과 술항아리〉) 작가는 꿈꾸기를 좋아하는 이상주의자이다. 어린 시절 나가 놀기를 싫어해 외삼촌 방에서 소설을 가져다 읽으며 문학과 가까워졌고 수많은 상상의 날개를 펼친다. 소공녀를 읽으며 공주이길 꿈꾸고 크면 세계일주를 하리라 다짐하고 세상 저편을 궁금해했다는 일화는 전형적인 문학소녀이자 몽상가의 면모를 잘 보여주고 있다.(〈셈치기 놀이〉)

이처럼 먼 세계에 대한 동경을 안고(〈그 깊고 아득한 블루〉) 자유를 그리워하고 가출을 꿈꾸던 소녀는(〈마음의 모양〉) 대학생

---

3) 작가에게 어머니는 칭찬보다 '꾸중과 질책'으로 기억된다. "과외를 그만하고 싶어도 어머니의 야단이 무서워 그냥 다닐 수밖에 없었다"는 서술에서 어머니를 무서워했음이 드러난다. 어머니는 생활력이 강하고 활달하고 다혈질로서 작가와 정반대의 성향이다. 욕망이 크고 교육열도 높아서 "치맛바람을 날리며 학교에 드나들었다". 선병질적인 작가를 보면 답답해했고 불같이 화를 냈다. 따라서 작가는 상처를 많이 받았고 어머니를 용서하고 받아들이는 것이 힘들었다.(〈세 할머니, 이름처럼 살다〉)

4) 아버지가 고위 관리직으로 영전한 뒤 많은 손님이 드나들며 값나가는 선물 상자들을 놓고 갔다. 이처럼 변한 집안분위기를 '절절 끓어오르는 방처럼 뜨거워진 집안 분위기'로 표현하며 이것이 싫어 학교를 졸업하자마자 결혼했다고 밝힌다.(〈셈치기 놀이〉) 세속적인 이해타산에 관심 없고 감정을 따르는 성향을 잘 볼 수 있다.

이 되어 헤세를 닮고 싶어 하며 유학을 꿈꾼다. 그러나 체력이 약하고 지구력이 부족하여 꿈을 현실화하기에 역부족이었다.(〈세 할머니, 이름처럼 살다〉) "늘 무언가를 만들고 공부하고 싶어하지만, 끝까지 해내지는 못"했으므로 아쉬움과 후회가 많다.

이러한 작가의 삶에서 드물게 결단력을 보이는 사건은 결혼이다. 결혼은 꿈꾸던 가출의 실현이며 일종의 탈출로, 부모 반대를 무릅쓰고 감행한다. "내 삶이 견딜 수 없고 힘들 때" "여행은 마음껏 할 수 있다"는 말이 "가슴으로 훅하고 들어"왔기 때문에, '조건상으로는 누가 봐도 이해가 안되는 상대'임에도 "마음을 빼앗겼"기 때문에, 그리고 외조부처럼[5] '무조건적인 사랑과 지지를 해주는 사람, 늘 나를 최우선으로 생각하는 사람'이라고 여겼으므로, "재보고 따져 볼 것도 없이" '내 인생은 나의 것'이라고 "막무가내로" '떼'를 써서 결혼한다.(〈인생의 그림자〉) 마치 영화처럼, 현실적 조건은 안중에 없이 사랑의 감정으로 직진하는 모습을 볼 수 있다.

그러나 현실의 벽은 견고했다. "감정은 재앙처럼 덮쳤다"는 표현에서 짐작할 수 있듯이, 결혼 후 삶은 꿈꾸던 것과는 달랐다. 맏며느리로 "아이를 들쳐 업고 힘들게 식사준비를 하고 의무감으로 시댁을 방문하는 일이 너무 힘들었다. 아이들의 양육

---

5) 외조부는 어린 작가의 말에 귀 기울여 주며 작은 일에도 칭찬을 많이 해주어 '대단한 능력을 가진 아이'처럼 느끼게 했다. 자연스럽게 외할아버지는 이상형으로 자리잡는다.(〈작약꽃과 술항아리〉)

과 남편을 보필하는 기본적인 문제들이 나를 짓눌렀다. 책 한 줄도 마음 편히 읽기 어려웠고 음악조차 들을 수가 없었다"고 회상한다.(〈작약꽃과 술항아리〉)

이러한 삶은 한국의 결혼한 여성이 일반적으로 겪는 것이라 할 수 있지만, '진줏빛 작품'을 쓰고 싶은 꿈을 가진 작가에게는 고통스러운 것이었다. '가족들에게 매여 사는 삶'은 '전문가로 성공'한 삶이 아니기 때문이다.(〈그 깊고 아득한 블루〉) 결혼한 지 20년이 지나서 처음 자신의 방을 갖고 글쓰기 시작했다고 하며 "조금 숨통이 트이는 기분이었다"는 서술에서(〈인생의 그림자〉) 작가의 정체성이 예술가임을 재확인할 수 있다.

노년에 이르러 현실은 더 고달파지므로[6], 꿈꾸던 "Write & Die"를(〈100개의 삶과 죽음〉) 이루지 못했다는 인식이 더 강해진다. 그래서 "남들이 보기에 순탄한 세월을 보낸 것 같지만" ([세 할머니, 이름처럼 살다]) 작가에게는 "이루어놓은 것이 없"는, 꿈꾸었던 삶과 거리가 먼 나날일 뿐이다.

3. 여행과 예술, 숨 쉬게 하는

"미지의 나라로 데려다" 주는 여행은 일상에서의 탈출과 비상

6) 공부하는 딸의 뒷바라지로 외손주들을 키우며 일찍 치매가 온 남편을 돌봐야 한다. 약한 체력으로 이 모든 것을 감당하려니 잔병이 끊이지 않는다. 불면과 우울증, 관절염, 공황장애, 목감기, 부정맥 등 각종 질병에, 발등뼈가 부러지고 눈 수술을 받는 등, 말 그대로 '만신창이'라 할 만하다.(〈시를 읽으며〉)

을 꿈꾸는 로맨티스트의 로망이자 삶 자체이다. "일상에 파묻혀 숨을 쉴 수 없"을 때 책을 읽으며 마음 수양을 하고, 여행으로 숨 쉬는 출구를 삼는다. 고된 하루하루를 보내야 하는 작가에게 여행은 기분이 상쾌해지는 즐거운 시간을 허락하며(〈보랏빛 수국이 활짝 핀 정원〉), 시름을 날리고(〈옛친구, 그 후〉), 감동으로 충만하게 하며, 숨 막힐 것 같은 짐들의 무게에서 벗어나게 한다(〈나는 백일몽을 꾸었다〉).

수필집의 3부 〈보라, 정원〉은 이런 여행에 대한 기록들이다.

세바스치앙 살가두와 김영갑의 사진, 제임스 터렐의 건축, 샤갈과 랭글리의 그림, 헤세와 니체, 야스나리와 소세키의 문학관 탐방, 기타큐슈 문학기행 등, 여행지는 예술가의 출생지나 연관 장소들이다. 이 여행지에서 작가는 예술의 향기를 느끼며 꿈을 꾸고, 위안을 얻기도 하고, 반성과 성찰을 하기도 하며, 젊은 시절을 회상하기도 한다.

세바스치앙 살가두와 김영갑의 사진들은 "자연에서 답을 얻었다"는 지혜를 알려준다. "고통 속에서 절망하며 신께 물어도 답이 들리지 않아 답답했는데" 자연으로부터 위안을 얻는 방법을 알게 되는 것이다. 그 결과, "나의 욕심과 분노 그리고 절망은 사치였구나 하는 생각이 들었다."(〈길을 걷는다〉)

제임스 터렐의 〈달의 뒤편〉이란 작품에서는 15분간의 어둠 속에서 "내 안에 내재된 빛"을 보며, 막다른 골목에 처했을 때

"한 줄기 빛은 우리를 일어서게" 함을 깨닫는다.(〈100개의 삶과 죽음〉)

니체로부터는 주어진 운명을 피하지 않겠다는 마음의 변화를 경험한다.(〈나는 백일몽을 꾸었다〉) "둘러싼 모든 일들이 뒤엉켜 질식할 것만 같"을 때 니체를 만나면 문제가 해결될 것 같아 질스 마리아로 떠난다. 떠나기 전엔 남편의 치매, 손자 뒤치다꺼리, 요양원에 있는 96세 시아버지까지 '매달린 짐들의 무게'로 숨이 막힐 것 같았으나 니체의 삶의 흔적을 따라가며 "주어진 운명을 피하지 말고 받아들여야 한다"는 생각에 이르러 평화를 얻는다.

지나온 인생을 회고하기도 하는데, 경주 석굴암 가는 길이 인생길과 흡사하다고 생각한다. "돌아나오는 길은 언제나 가는 길보다 가깝게 느껴"지듯이, 50년 결혼생활이 "굽이굽이 산길처럼" "길고도 험난했지만 지나간 길은 짧게 느껴진다"는 결론에 도달한다.(〈옛친구, 그 후〉)

옛사랑을 떠올리는 장면에서는 나이와 무관한 로맨티스트의 면모를 여실히 볼 수 있다. 〈설국〉의 배경인 유자와를 찾아 작품 속 장면을 떠올리는데, 사방이 눈에 파묻힌 곳에서 18살때를 회상한다.(〈꿈 속의 사랑〉) 고1 남학생의 '구애'를 "매몰차게" 거절한 고2 여고생. 여행지에서 젊은 날의 그를 생각하며 꿈을 꾸는 자신이 "아직도 18살에 머물고 있는 이상주의자라는 생각에 쓴웃음이 났다"며 현실을 자각하는 일화는 '불같은 사랑'에 대한 꿈을 지닌 소녀를 연상하게 한다.

4. 푸른 꿈을 향한 글쓰기

작가가 꿈꾸었던 자유로운 삶, 예술가로서의 삶은 색채로 표현한다면 '푸른 빛'이다. 푸른 빛은 '안정감과 평온함 그리고 가슴 뛰는 열망'을 느끼게 하며(〈푸른 빛깔은 늘〉), 젊음과 희망, 비상, 자유 등을 상징한다.

작가의 현실은 꿈꾸던 것과 달리, '제자리에서 움직이지 못하고 서있는 나무'와도 같지만(〈마음의 모양〉), 작가는 여전히 꿈을 간직하고 있다. 마음속에 '불덩어리'를 안고 "아슬아슬하게 견디며" 살아온 것이다.(〈세 할머니, 이름처럼 살다〉) 내면에서 들끓고 있는 용암은 "위험"한 측면도 있지만, 미정형의 형태로 무한한 가능성을 안고 있다고도 볼 수 있다. 곧 '푸른 꿈과 스스로의 선택과 문학에 대해 이야기하며 진지했던 20대'의 마음으로 계속 나아갈 수 있는 것이다.(〈그 깊고 아득한 블루〉)

그렇다면 "푸른 빛깔은 늘" 다음에 올 문장은 "위안과 희망을 준다" "숨을 쉬게 한다" "꿈꾸게 한다" 그리고 "내 곁에 있다"가 아닐까.

호흡기로서의 글쓰기는 이제 푸른 꿈을 향해 출발한다. 밤이 지나가면 새벽이 올 것이다. '아름다운 푸른 새벽별'을 기다리는 작가에게 (〈그 깊고 아득한 블루〉) 진심으로 응원과 격려를 보낸다.

정훈모 수필집

푸른 빛깔은 늘